Eine Festwirtin erzählt

Begebenheiten von der Erlanger Bergkirchweih
von 1950 ⸗ 2000

Meiner Tochter Brigitte und Familie gewidmet

Irgendwann ist niemand mehr da, den man über Vergangenes fragen kann.
Wenn man nichts aufschreibt, bleibt die Vergangenheit ein graues Häufchen Zeit.

Irma Steinmüller

50 Jahre Bergkirchweih

...eine Festwirtin erzählt

Irma Steinmüller © 2003

Cover nach einem Druck von Prof. Peter Bina

Covergestaltung:
und Grafik: Manfred Reimann © 2003
Satz: Hannelore Reimann

Herstellung: Books on Demand GmbH

ISBN-Nr.   3 – 8330 – 0449 – 5

Vorwort

Wenn mir jemand 1950 prophezeit hätte, ich würde einmal die Bewirtschaftung des Hofbäu-Kellers an der
Bergkirchweih bis zum Jahre 2000 übernehmen, den
hätte ich wohl für verrückt erklärt und mich selbst auch
dazu.
Aber es ist Realität geworden und für mich beginnt nun
das Nachdenken und die Erinnerungen.

In den letzten Jahren stellte ich bei Gesprächen mit allen
Altersgruppen fest, dass ein großes Interesse und auch
Wissensdurst darüber besteht, wie die Kriegs- und
Nachkriegsjahre in Erlangen verlaufen sind – und vor
allem die Geschichte der Bergkirchweih. Vieles könnte
man ja aus alten Zeitungsartikeln und historischen Er-
zählungen erfahren – alles objektive Berichte. Aber
könnte man auch nachlesen, dass das Bergkirchweihgelände der größte Biergarten Deutschlands ist?

Oder, dass 1951 am letzten Tag der Kirchweih ein
Finanzbeamter persönlich von jeder einzelnen Bedienung die Lohnsteuer kassiert hat? Natürlich nicht! Das
weiß nur jemand, der dabei war.
So gibt es viele Begebenheiten und Ereignisse, teils
lustige, teils tragisch oder ärgerliche.

Ich bin oft bedrängt worden, diese kleinen Begebenheiten aufzuschreiben, denn irgendwann ist doch keiner
mehr da, den man fragen kann.
So habe ich mein Versprechen, alles aufzuschreiben,
zwei Jahre vor mich hergeschoben. Das Nachdenken
über das Gewesene hat mich aber nie mehr losge-
lassen.

Doch kann ich überhaupt meine Erinnerungen so auf-
frischen und sie auch in einem lebendigen Text fest-
halten? Kann ich überhaupt Emotionen vermitteln? Wird
das Buch langweilig?

Ich weiß es nicht. Das muss der Leser selbst
entscheiden.

Selbst wenn es wenige Menschen wären, macht das
nichts. Meine Familie und mein großer Bekanntenkreis
werden sicher an diesem Buch Freude haben.
Ich bin keine Schriftstellerin. Ich will nur erzählen, wie es
wirklich war. Einfach nur Tatsachen und Begebenheiten
der letzten 50 Jahre aufzeichnen.
Es wird also eine Reise zum heiligen Berg der Erlanger.
Man bitte mir zu verzeihen, wenn es keine hundert-
prozentige Chronik wird.

Endlich – Ende 1949 können wir von Behringersmühle nach Erlangen ziehen. Meines Mannes Bruder ist nach Bamberg gezogen, und mein Schwiegervater setzte sich bei der Behörde durch, dass wir die kleine Mansardenwohnung bekommen. Zur damaligen Zeit war das nicht einfach, einen Zuzug zu bekommen, denn Wohnraum war überall sehr knapp.

Alle freuen sich. Endlich kann ich wieder aktiv werden und die Gaststätte „Plerrer" übernehmen.

Für mich kein allzu großes Problem, habe ich doch in der Gastronomie gelernt und bringe dafür gute Voraussetzungen mit. Mein Schwiegervater erzählt mir viel und ist mir ein guter Berater in dieser schweren Zeit.

Im Laufe des Winters schildert er mir auch, was das Wort „Bergkirchweih" bedeutet.

Die Bergkirchweih hat nämlich eine lange Tradition als Volksfest. Sie ist nicht nur schöner, sondern immerhin auch ein ganzes Stück älter als das Münchener Oktoberfest.

1775 hatten die Erlanger Stadträte den Beschluss ge-
fasst, alljährlich die Erlanger Bergkirchweih zu feiern.
Damals sollte der Jahrmarkt in der Altstadt wieder belebt
und von Pfingstdienstag an während dreier Tage am
Platz des Altstädter Schießhauses abgehalten werden.
Im Laufe der vielen Jahre entstand dann rund um das
Altstädter Schießhaus das, was wir heute „Erlanger
Bergkirchweih" nennen.

Der Zeitpunkt ist bis heute der gleiche, der Ort auch, nur
haben sich Größe des Festgeländes und die Dauer der
Kärwa in den vergangenen Jahrhunderten erheblich erweitert.
Die Form des Kirchweihlebens – so wie sie auch heute
noch ist – stammt aus den dreißiger Jahren.
1934 eröffnete der Oberbürgermeister zum ersten Mal
die Bergkirchweih, in dem er nach Münchener Oktober-
festvorbild ein Fass anstach und die erste Maß entleerte.

Ich war schwer beeindruckt, vor allem als er mir erzählte, dass er das Recht besitzt, im Hofbräu-Keller
auszuschenken.
Das weckt mein Interesse. Ich gehe alle Fakten mit ihm
durch, und er rät mir, von der Brauerei und den Behörden die Genehmigung zu bekommen. Meinem Mann
erzähle ich sicherheitshalber erst einmal nichts davon.
Anfang März 1950 kommt der Bescheid von der Stadt:
Hurra, es ist genehmigt! Die Gestattung ist eine DIN A-4-
Seite und die Platzüberlassung ebenso. Der Preis alles
in allem fünfunddreißig Mark.

Wenn ich das mit heute vergleiche, war damals alles
viel einfacher   geregelt. Welch ein Unterschied zu
späteren Zeiten, in denen ich mich durch einen Wust
von Vorschriften und Gestattungen durcharbeiten

musste und ich eigentlich immer einen „Durchblicker-Lehrgang" hätte absolvieren müssen!

Nun, jetzt muss ich es ja wohl meinem Mann beichten. Er ist damit absolut nicht einverstanden und kommentiert es mit dem Satz: „Das wird ein Fiasko! Wenn du es machst, kannst du deine Koffer packen." Ich bin aber Optimistin. Was soll schon schief gehen? Fünfunddreißig Mark könnte ich verlieren, sonst nichts.

Das Frühjahr geht vorbei mit viel, viel Arbeit, denn der Keller sieht aus wie bei den Höhlenmenschen der Steinzeit. Lauter Wurzeln der Bäume an Decken und Wänden. Der Fußboden blankes Erdreich. Im hinteren Teil noch Berge von Sägespänen, womit das Eis im Keller eingelagert wurde. Vermodert und verschimmelt und ganz übel riechend.

Wie ich das vor fünfzig Jahren alles bewältigt habe, daran kann ich mich im Detail nicht mehr erinnern. Nur, dass ich manchmal fast verzweifelt bin, auch in den folgenden Jahren, wenn niemand mich unterstützt hat. Zum Beispiel beim Krügewaschen im kalten Wasser, die so schmutzig von der Brauerei ausgeliefert wurden, dass alte vertrocknete Brötchenreste und Mäusenester vom Vorjahr darin waren.
Die Brauerei stattete uns mit dem notwendigsten Inventar aus. Die Schreinerei machte ein Krugregal aus ungehobelten Dachlatten; der Schankblock war so altersschwach, dass man ein Stoßgebet gen Himmel richten musste, damit er die Kirchweih durchhält.
Nicht zu vergessen die große Holzwanne zum Spülen der Krüge. Der Hofbräukeller hatte Gott sei Dank schon einen Wasserhahn und ein Sickerloch für das Abwasser. Unser Nachbar, der Christoph, hatte beides noch nicht,

und wenn er nachts seine Wanne ausgeleert hatte, sah es so aus, als würde er den Rest des letzten Fasses den Berg herunterlaufen lassen.

Man musste immer höllisch aufpassen, dass kein angestochenes Fass übrig blieb, denn es wurde ja noch nicht mit Kohlensäure ausgeschenkt und am anderen Tag war es taub und hatte somit keinen Schaum. Ein echter Bayer und Biertrinker nannte es kurz und bündig „Gesachi!"

Nach der Kriegs- und Währungsreform war 1949 die Wiedereröffnung der Bergkirchweih und 1950 auch des Hofbräu-Kellers und ich erstmals bei der Bergkirchweih.

Nun war es soweit! Mittag haben wir noch zu Hause gegessen. Dann haben wir unseren kleinen Leiterwagen gepackt mit warmer Kleidung, etwas zu essen und Kleinigkeiten, die wir gebrauchen konnten. Das Lokal ist geschlossen, wie alle Lokale während der Bergkirchweih, und Opa bleibt als Wache daheim. Unsere zweieinhalbjährige Tochter ist bei Freunden gut aufgehoben.

Wir stellen den Wagen hinten in den Keller und setzen uns oben aufs Gelände, um die Bergstraße gut im Blickfeld zu haben.

Auf dem Berg ist es still. Schausteller dürfen noch nicht aufmachen. Erst am Samstag begann die Kirchweih. So war das früher. Erst einige Jahre später nach heftigen Protesten, wurde die Bestimmung aufgehoben und die Kirchweih begann dann immer am Donnerstag – und nicht wie in anderen Städten erst am Wochenende.

Da sitzen wir nun in der warmen Sonne, mein Mann, ich und Gertrud. Sie ist unsere kleine Hilfe und erst fünfzehn Jahre alt.

Endlich! Gegen fünfzehn Uhr sichten wir zwei Personen langsam den Berg heraufkommen. Dann nochmals zwei und wiederum zwei Personen. Es sind Stammgäste aus unserem Lokal. Jetzt machen wir auf. Das Bier ist seit acht Tagen im Keller. Es ist ruhig und gut durchgekühlt, braun, mehr gemalzt als gehopft und so stark, dass die Finger zusammenkleben, wenn etwas Bier über die Hände läuft. Nach dem Anstich kommt unser Nachbar Christoph vom Niklas-Keller. Er hat einen Maßkrug von sich dabei, stellt ihn ab und sagt:

„Koarl, bitte tausche es mir um. Ich möchte eine Maß von dir mit dem braunen Schaum."

So blieb das auch in den darauffolgenden Jahren.

An der Bierprobe gab es keine Bedienung, denn da kostete es zehn Pfennige mehr. Außerdem blieb alles auf dem unteren Kellergelände und mit wenigen Ausnahmen kannten wir alle Gäste.

Wurde ein Fass leer, ging mein Mann zu den Gästen und bat darum, dass jemand ihm hilft, ein neues Fass auf den Schankbock zu heben. Allein konnte ein Mann dies nicht bewältigen. Immerhin wiegt der Inhalt eines 100-Liter-Fasses so 100 Kilogramm. Dazu kam noch das Gewicht des Holzfasses.

Was wir im ersten Jahr der Bierprobe gebraucht hatten, weiß ich leider nicht mehr. Ganz sicher weiß ich noch, dass am zweiten Pfingstfeiertag die dreißig Hektoliter aufgebraucht waren und wir uns zwei Fässer vom Nachbarn borgen mussten.

Am nächsten Tag war um sechs Uhr morgens die Nacht vorbei. Einer aus unserer Familie musste schnellstens in die Niederlassung der Hofbräu laufen. Die ist am Bohlenplatz. Dort ist die Flaschenabfüllanlage der Hofbräu Bamberg und nur da ist ein Telefon. Ich bin natürlich dahin gelaufen und verlangte telefonisch den Lademeister in Bamberg. Der fiel aus allen Wolken.

Folgender Dialog entwickelte sich: „Was, Sie brauchen Festbier für die Bergkirchweih? Wollen Sie mich veräppeln? Der höchste Ausschank an der ganzen Kirchweih waren ganze vierundzwanzig Hektoliter."

„Bitte, Herr W., glauben Sie mir doch, ich brauche es heute noch und zwar bis spätestens Mittag!"

„Ja", sagte er, „unsere Fässer sind alle unterwegs ins Gaststätten. Wir müssen erst Leergut holen und dann abfüllen."

„Machen Sie, was Sie wollen, ich brauche dringend Nachschub. Sonst können wir nicht aufmachen – basta!"

Die Brauerei schaffte es, aber erst gegen vierzehn Uhr ist der Lkw da. Abladen, jede Literzahl, jede Fassnummer aufschreiben ist sehr zeitraubend.

So stehen wir die erste Kirchweih munter durch bis zum letzten Montag.

Dienstag, Mittwoch und Donnerstag hatten wir allen Gästen unserer Gaststätte Bescheid gesagt, dass an diesen Tagen unsere Gastwirtschaft geschlossen hat, denn wir müssen doch alles auf dem Berg wieder aufräumen. Jeder hatte Verständnis dafür. Mittwoch sollte die Brauerei kommen, um die Garnituren und Leergut abzuholen. Also blieb der Dienstag so etwas wie ein Ruhetag.

Ich bitte meinen Mann, mit mir nach Nürnberg zu fahren, um etwas zu kaufen. Erlangen hatte damals nur ein kleines Kaufhaus mit wenig Auswahl. Es stand an dem Platz, an dem heute der Kaufhof steht.
Er zeigt zwar wenig Lust, aber schließlich willigt er doch ein.

Natürlich weiß ich längst, was wir an der Kirchweih verdient haben, doch es bleibt noch mein Geheimnis. Ich will ihn schließlich überraschen. Er braucht ganz dringend einen Wintermantel, denn er hat überhaupt keinen. Ich brauche bequeme Schuhe und auch was zum Anziehen. Gitti, unsere Tochter, ebenso. So wanderten wir in Nürnberg von einem Schaufenster und von einem Laden zum anderen.

Selig und vollbepackt mit unseren Schätzen wandern wir in Richtung Bahnhof. Als wir am Plärrer vorbeikommen, sehe ich auf der anderen Straßenseite einen Hutladen. Da will ich mit meinem Mann hin. Auf einer Verkehrsinsel, mitten auf dem Plärrer, hält er mich am Arm fest und erklärt mir kategorisch, dass er da nicht mehr mit hineingeht. Ich hätte sowieso schon zu viel Geld ausgegeben.
Ich schaue ihn an, wie ein Hund, den man verprügelt hat und sage: „Ich habe es doch nur gut gemeint. Ich weiß

doch, wie du im letzten Winter gejammert hast, dass du am Kopf frierst."

„Ja, ja", meinte er. „Das stimmt schon, aber sag doch einmal, wie viel wir eigentlich bei der Bergkirchweih verdient haben?"

Ich stelle meine Taschen ab, lege meine Arme um seinen Hals und sage mit dem strahlendsten Lächeln der ganzen Welt: „Fünfhundert Mark habe ich dabei und etwas liegt noch daheim." Er ist sprachlos und küsst und drückt mich auf offener Straße (das galt damals noch als total unschicklich) vor allen Leuten, die an uns vorübergehen. Also gab es noch den Hut, und zwar den Besten, den der Laden hatte. Es war sein Lieblingsstück bis an sein Lebensende.

Am Mittwoch werden die Krüge, Fässer und Garnituren von der Brauerei abgeholt. Der Lademeister, Herr W., ist selbst dabei. Gleich bevor wir alles zusammenräumen, teilt er mir mit, dass ich so schnell wie möglich zur Direktion nach Bamberg kommen soll.

Ich bin erschrocken und stammele nur, was ich falsch gemacht haben soll.

„Falsch gemacht haben Sie überhaupt nichts. Im Gegenteil! Sie sind unser Paradepferd."

„Was bin ich?" Ich musste lachen über die komische Titulierung.

„Ja, der Direktor St. und der Braumeister R. wollen Sie persönlich kennen lernen. Sie haben doch siebzig Hektoliter Bier verkauft – und das in zwölf Tagen."

Wir sind dann gleich am Freitag gefahren und der Besuch hat mich sehr beeindruckt und zusätzlich motiviert.

Vergessen war alles, was ich in den letzten Jahren von meinen früheren Arbeitgebern habe einstecken müssen.

Das Bewusstsein, Leistung lohnt sich, bringt dich vorwärts. Nur danach wollte ich meine Zukunft ausrichten.

Heute würde es niemanden mehr einfallen, einen Kunden mit dem Auto samt Fahrer vom Bahnhof abholen zu lassen, ihn an weiß gedecktem Tisch köstlich zu bewirten, so dass eigentlich nur noch der rote Teppich gefehlt hätte. Immerhin hat diese Illusion bis zum Jahr 1977 gehalten.

Dann hat Schickedanz (Quelle) sieben Brauereien aufgekauft, so auch die Bamberger Hofbräu. Aber davon später mehr.

Für geschäftlichen Erfolg gibt es das Wort Glück nicht. Man muss auf dem Potenzial aufbauen, was man bereits in dieser Tätigkeit kann und eine Vision haben.

„Hurra, geschafft" – habe ich nie gesagt, aber in persönlichen Gespräche konnte ich überzeugen, dass es kein Risiko ist, mein Konzept weiter zu verfolgen.

Trotz des Stolzes über den Erfolg der ersten Kirchweih habe ich darüber nachgedacht, wie er eigentlich zustande kam und heute weiß ich, dass mehrere Faktoren dazu beigetragen hatten: Begünstigt vom Wetter und vom kargen Freizeitangebot und in der Hauptsache, dass ab 1. Januar 1950 das Brauen von so genanntem „Friedensbier" mit elfprozentiger Stammwürze gestattet wurde. Während des Krieges bis 1945 gab es ja nur ein Getränk, dass so ähnlich schmeckte, wie heute eine Apfelsaft-Schorle und hatte mit Bier nur in der Farbe etwas gemein.

Von 1946 bis zur Währungsreform 1948 gab es überhaupt nichts mehr. Die Brauereien hatten weder Gerste, Hopfen, noch Material, um die Sudkessel zu heizen. Ab dem Jahre 1949 wurde das Brauverbot von den Allierten aufgehoben, aber das Bier durfte nur 1,7 Prozent haben.

Wie bereits erwähnt, wurde exakt am 1. 1. 1950 das Bierbrauen mit elf Prozent wieder erlaubt. So langsam kam auch die gesamte Wirtschaft wieder in Schwung. Durch die Aufteilung Deutschlands in vier Besatzungszonen wurden die Handelsbeziehungen ganz schön durcheinander gewirbelt. Die russische Zone war vollständig abgeriegelt. Alle Brauereien nahe der Grenze zur DDR hatten fünfundsiebzig Prozent ihrer Kunden verloren. Man versuchte, mit allen Mitteln und Erfindungsreichtum die schwierige Situation zu meistern.

Erst im Jahre 1955, als wir unsere Gaststätte erweitert haben, kam mir zum Bewusstsein, warum wir von der Brauerei so gehätschelt wurden; waren wir doch völlig vertragsfrei und hätten auch anderes Bier ausschenken können. Durch die Kellerbewirtschaftung war natürlich schon eine gewisse Abhängigkeit da. Zum Umbau hat uns dann die Brauerei ein Darlehen gegeben, und wir haben uns dann selbstverständlich vertraglich gebunden.

Doch nun weiter mit der Bergkirchweih.

Bis etwa 1970 waren die Brauereien an eine staatliche Bierpreis-Verordnung gebunden, die erst in diesem Jahr vollständig aufgehoben wurde.

1950 kostete der Liter Bier einundneunzig Pfennige im Einkauf, im Verkauf 1,10 DM. Das bedeutete, wir hatten pro Liter neunzehn Pfennige Reingewinn. Das war sehr wenig, aber da ja die Fässer immer etwas mehr befüllt waren, blieb immer noch ein kleiner Überschank.

So, die Kirchweih 1950 hatten wir mit Erfolg hinter uns gebracht und wir fieberten der nächsten entgegen.
Mein Schwiegervater und ich saßen mal wieder zusammen und hielten eine Manöverkritik.

Ich vertraue blind seiner Erfahrung. Nur manchmal muss ich etwas verschweigen. Zum Beispiel, wenn ich etwas gekauft habe, von dem ich glaube, dass es sein muss, kommentiert er das mit den Worten: „Madle, in dieser teuren Zeit kauft man nichts und merke dir für dein Leben: Wenn man große Dinge erreichen will, muss man die kleinen weglassen."
Dann erzählt er mir, dass er ein kleines Zelt in einer Scheune in Röthenbach hat. Es ist in einer Gaststätte, die der Brauerei gehört, und es wurde im Krieg dort eingelagert.
Er erzählte mir von der Kommune und dass auf dem Haus Fuchsengarten 1 ein Anrecht besteht, dass er erstens vom Stadtwald zwei Ster Holz bekommt und zweitens auf dem Bergkirchweih-Gelände das Recht hat, ein kleines Bierzelt aufzustellen. Der Platz hat die Maße 15 x 19 Meter und liegt fast am Ende auf der Höhe der Gaststätte „Bären-Garten", auf der linken Seite, kurz vor dem Weg zum Töchterheim.

Mit dieser Weisheit ausgestattet ging ich in die Niederlassung der Hofbräu AG am Bohlenplatz. Mein Besuch dort war nicht gerade erwünscht und rief beim Direktor, der im ersten Raum saß, einen leichten Schock hervor. Der gipfelte in den Ruf an den Prokuristen, der im zweiten Raum saß mit den Worten: „Herr L., sperren Sie alles zu, die Preußin kommt. Die kann alles gebrauchen!"
Ich muss erwähnen, dass ich ursprünglich aus einem kleinen Harzdörfchen, nahe der Stadt Wernigerode

komme. Es ist ja bekannt, dass die Bayern alle als Preußen bezeichnen, die nicht aus Bayern stammen. - Ich bin deshalb in Bayern eine Preußin. Da kann man nichts machen.

Ich konterte sofort: „Bis Ihr Bayern Wurst sagt, haben die Preußen sie schon gegessen." Ich haue buchstäblich auf den Tisch. „Verdammt noch mal, gebt mir doch erst einmal eine Chance. Ihr werft mir wenig Umsatz im Lokal vor. Vom 1. April bis jetzt im November ist er von Monat zu Monat gestiegen und in ein bis zwei Jahren, da werdet Ihr staunen. Das schwöre ich euch."
Natürlich hatte ich wieder ein Anliegen. Ich brauche dringend im Lokal einen Ventilator in der Wand, der den Zigarettenqualm nach draußen befördert.
Ich lasse es bei dem Streitgespräch ohne Resultat. Mein Hauptanliegen war ja ein Bierzelt für den Berg und damit ein Dach über dem Kopf, falls es regnet. Das wäre ein sicheres Standbein.
Überraschend wurden wir uns schnell einig. Der Pro-kurist, Herr L., sollte mit dem Auto von Direktor H. (das Auto war ein alter Opel mit Katzenbuckel) mit mir nach Röthenbach fahren.
Was wir dann dort antrafen, war eine mittlere Katastro-phe. Eine alte Plane von Mäusen zerfressen, ein paar Stangen (von Balken keine Rede), alles was aus Holz war – bis auf einen kärglichen Rest – war in den Kriegsjahren verheizt worden. Aus mein Traum.

Noch im November 1950 kam mein Bruder von Bremen auf Besuch. Dort hatte er geheiratet und eine Familie gegründet, nachdem er zwei Jahre zur See gefahren war. Seine Frau war 1949 von Magdeburg auch bei Nacht und Nebel abgehauen. Er brachte mir die vierzig DM zurück, die ich ihm gleich nach der Währungsreform

1948 geschickt hatte. Es war mein Kopfgeld beim Umtausch Reichsmark gegen DM. Keiner bekam mehr. Auch nicht die Bauersfrauen, die die Reichsmark mit Huckelkörben brachten.

Es herrschte eine große Not, auch bei mir noch, aber bei meinem Bruder noch größer. Er war mit einer alten Ardi aus Wehrmachtsbestand nach vier Monaten Dunkelhaft beim Russen trotz bewachter Grenze sicher in Wolfsburg gelandet. Da saß er fest ohne Benzin, ohne Essen und Trinken. Daher der Hilferuf an mich.
Die Wiedersehensfreude war groß – auf beiden Seiten. Wir sprachen über alles, vor allem aber über die Bergkichweih.

Er versicherte mir, wann immer ich ihn an der Bergkirchweih brauchen sollte, würde er Urlaub nehmen und mir zu Hilfe kommen. Wir ahnten dabei beide noch nicht, wie schnell dieser Umstand Realität wurde.
Im Januar 1951 wurde ich in die Brauerei-Niederlassung bestellt. Dort wurde mir mitgeteilt, dass die Hofbräu in Bamberg ein Zelt gekauft hat.
Es ist nagelneu, 45 Meter lang und 10 Meter breit. Man kann es dreimal unterteilen in jeweils 15 Meter.
Ideal für mich, so dachte ich laienhaft.

Was es bedeutet, so ein Zelt aufzustellen, wo die Standbalken damals 30 x 30 Zentimeter dick waren, ahnte ich noch nicht. Dazu mussten Binder und First auf der Erde verschraubt und dann mit Seilen und Stangen aufgerichtet werden. Dieses Gewicht ist selbst für sechs gestandene Männer eine Meisterleistung.

Damals entstand für mich eine Freundschaft mit dem Trautner Toni. Er war der Einzige, der mir viele, viele

Jahre die Mannschaft für meinen Zeltaufbau nach Feierabend zur Verfügung stellte. Das habe ich ihm nie vergessen.

Ja, ein Zelt, das ist die Alternative, wenn es regnet. Es stand fast am Ende des Festplatzes.
Bis fast in die siebziger Jahre mussten wir den Keller immer zumachen. Mit dem Zelt konnte ich wenigstens etwas den Umsatz sichern.

Also, wir bauen an der Kirchweih 1951 das kleine Zelt auf! Mein Bruder kommt und fungiert als Mädchen für alles mit noch einem Helfer. An der Straßenseite dürfen wir noch eine Messbude von der Stadt aufstellen. Dort gibt es Limonade von Resenscheck mit wirklich reinem Himbeersaft, Likör-Schnäpse und Zigaretten. Die bringt der Händler in einem Korb. Automaten gab es damals noch nicht.

Gleich im ersten Jahr wurde das Zelt gut angenommen. Die Gäste saßen sogar in einer angrenzenden kleinen Wiese und hörten dem Geschehen in der Schaubude zu, wenn zum Anlocken die Parade gehalten wurde, damit alle die Vorstellung besuchen.

Das war übrigens eine kleine Sensation damals! Ein Frauenkopf schwebte in einem Netz. Der Schausteller begann also immer mit einem Trommelwirbel und dann kam der erste Satz: „Meine Damen und Herren. Wenn Sie glauben, dieser Kopf wäre nicht lebend. Bitte, ich werde jetzt Fatima die Augen öffnen und sie fragen, ob es ihr gut geht." Es gab immer einen Massenandrang und ein Staunen, so wie wir heute Siegfried und Roy oder David Copperfield bewundern.

So geht das Jahr zu aller Zufriedenheit zu Ende, und wir machen Pläne für 1952.

Etwas zum Essen müssen wir anbieten. Die Konkurrenz schläft nicht. Unendlich viele Gäste laufen vorbei mit rot-weißen Papier-Schiffchen auf dem Kopf „Festhalle Toni Trautner".

Wir planen bunte Birnen auf dem Kellergelände und einen Bratwurstgrill mit Tisch und Sonnenschirm.

Unser Hausmetzger macht und verkauft die Bratwürstl dann auch gleich. In Größe, Qualität und Preis sind wir mal wieder nicht zu schlagen.

Meine Schwester aus der DDR schreibt mir, sie würde gern kommen, um mir zu helfen, auch um sich ein paar Mark zu verdienen. In dieser Zeit waren die meisten Lebensmittel drüben noch rationiert. Es gab vieles nur auf Marken, während wir schon wie im Schlaraffenland lebten. Bei uns begann die „Fresswelle".

Doch am ersten Tag der Kirchweih gibt es gleich einen kleinen Aufstand. Wir haben zum ersten Mal zwei Bedienungen aus Forchheim, zwei bayerische Bavarias mit mächtig viel Holz vor der Hütte. Sie machen mir klar, dass sie nur beide allein auf dem oberen Gelände arbeiten wollen. Sie meinen, dass angeblich die Gästen, die unten sitzen, sich ihr Bier selber holen würden, weil es mit Bedienung ja zehn Pfennige mehr kostet. Zu aller Zufriedenheit machen wir es dann auch so.

Meine Schwester ist mir eine große Hilfe, auch bei anderen Arbeiten. Alles wird für mich auch etwas zur Routine und man findet auch mal Zeit, mit den Gästen ein paar Worte zu wechseln.

Dabei fiel mir auf, dass fast alle Männer einen Spazierstock dabei hatten und ich sage nach Feierabend zu meiner Schwester: „Ich weiß nicht, wieso alle jetzt jeden Tag mit einem Spazierstock kommen. Selbst der H. Fritz, der ist doch erst Mitte 40." Meine Schwester lacht und lacht. Ich schaue sie an und frage: „Warum lachst du?"

„Ja", meinte sie, „hast du noch nicht gemerkt, wozu der Stock ist? Von wegen, die holen ihr Bier selber. – Pustekuchen! Die stehen nicht einmal auf, um zur Toilette zu gehen. Den Stock benutzen sie, um daran herunterzupieseln, damit es nicht plätschert."
Ich fasse es nicht, ich fasse es einfach nicht, doch am anderen Tag achte ich darauf und tatsächlich war es so.
Ja, was soll ich tun? Es sind meine besten Gäste. Jeder trinkt so seine acht bis zehn Maß und da wackeln sie noch ohne zu torkeln am späten Abend nach Hause.
Am letzten Tag der Kirchweih schauen meine zwei Forchheimer Bedienungen blöd aus der Wäsche. – Ätsch, meine Schwester hat den größten Umsatz gemacht und verschweigen will ich auch nicht, dass sie keine Lohnsteuer bezahlen brauchte. Ich hatte dem Finanzbeamten, Herrn W. gesagt, „die Kleine da drüben ist meine Schwester aus der DDR. Das sind doch die ärmsten Hunde." „Okay", sagte er, „die habe ich nie gesehen."

So viel menschliche Entscheidung kann man meistens nicht erwarten, aber trotzdem – in den 50 Jahren meiner Tätigkeit bin ich auf Behörden und Ämtern sehr oft auf Verständnis gestoßen.

Nachdem wir zwei Bedienungen hatten, brauchten wir im Keller auch unbedingt Verstärkung. Ein Stammgast bietet sich an. Er ist Junggeselle, hauptberuflich in der Augenklinik als Fotograf in dem Röntgen-Labor beschäftigt.

Es gibt nur ein Problem: Er hat einen kleinen Hund, einen weißen Spitz mit Namen Mapsi. Wohin mit ihm? Daheim kann er allein nicht bleiben.

Also platzieren wir ihn auf eine alte Decke, so dass er von außen nicht gesehen werden kann. Aber Mapsi ist ein Rüde und riecht natürlich, wenn ein Artgenosse draußen vorbeiläuft. Da hilft kein Rufen. „Mapsi, Mapsi!" Jetzt ist er erst einmal weg, für eine Stunde.

Dann kommt er aber zielsicher zurück unter Schimpfen seines Herrchens und verkriecht sich wieder unter seiner Decke.

1953 kommt. Ich werde schon im Frühjahr in die Brauerei bestellt. Was ist los?

Ich wusste es von meinem Schwiegervater schon, dass in den Jahren vor dem zweiten Weltkrieg zwischen den Gaststätten mit der Bamberger Hofbräu und der Brauerei eine Abmachung bestand, dass jeder Eigentümer im Turnus einmal die Bewirtschaftung des Kellers an der Bergkirchweih bekommt – und plötzlich hatten sich alle verbrüdert und pochen nun auf dieses Recht. Es sind sechs Leute an der Zahl. Alle waren 1950 gefragt worden. Keiner wollte von dem Recht Gebrauch machen. Es waren folgende Bewerber:

1. Gaststätte mit Kohlenhandlung – der Kohlenhandel blühte.
2. Gaststätte hat ein Grundstück verpachtet und Siemens baut darauf ein Gebäude.
3. Gaststätte – eine Bierstube einer älteren Frau, alleinstehend.
4. Gaststätte und Kolonialwarengeschäft mit Flaschenbier.
5. Eine Flaschenbier-Handlung
6. Ein Gaststättenbesitzer am Martin-Luther-Platz

Das Kuriose daran war, keiner wollte die Kirchweih machen, sie wollten aber das Recht verkaufen. Ich erklärte mich bereit, einen festen Betrag als Abstandssumme zu bezahlen. Das ging aber nur ein Jahr gut.

Es gab mal eine so schlechte Kirchweih, dass ich selbst nur mit einem blauen Auge davon gekommen war. So wurde diese Vergütung auf Hektoliter umgewandelt.

Beim Nachbarn, dem Niklas-Keller ist der Christoph immer noch dabei. Niklas und Hübner haben beide Tucher-Bier.
1954 suche ich den Christoph in seiner Gaststätte auf. Ich will ihn dazu bewegen, dass wir auch eine Kapelle spielen lassen.

„Um Gottes willen", protestierte er. Ich rede und rede und schlage vor, „...dass wir drei Keller uns doch zusammentun und von unseren Gästen dreißig Pfennige mehr verlangen könnten. Dann wäre das für uns kein großes Risiko. Am Erich-Keller spielen die Geigenbauer. Immer mehr zieht es uns sogar die Stammgäste weg. Wenn wir nichts tun, wird es nicht besser, sondern schlechter."

Halbherzig stimmt er zu, nachdem der Hübner-Kellerwirt, der in der Kuttlerstraße ein Lokal mit Kegelbahn betreibt, auch dafür ist. Ich finde eine Kapelle in Nürnberg. Dort sind sie schon gut bekannt und mit der Bahn kommen ja auch schon Gäste von dort. Ich glaube einfach an einen Erfolg.

Es ist – wie in den Jahren üblich – eine Blaskapelle, 12 Mann an der Zahl. Sie machen schon Schaueffekte mit Pappköpfen, Gummihammer mit Knalleffekten. Eine

Mordsgaudi! Alles bleibt stehen und schaut zu und so mancher Gast nimmt auch gleich Platz bei uns.

„Also", sage ich zu Christoph, „siehst du − wer nicht wirbt, der stirbt!" - „Teufelsweib", sagt der Christoph und strahlt über den Umsatzzuwachs.
Für mich wird die Bergkirchweih alljährlich wie ein spannendes Abenteuer. Ich entwickle immer mehr Geschäftsideen. Außerdem bin ich eine große Optimistin. Wäre ich es nicht gewesen, hätte ich mir vielleicht gar nicht zugetraut, überhaupt so ein Geschäft anzufangen. Ohne − wie heute nach fünfzig Jahren üblich − Unternehmensberatung, Banktauglichkeit oder sogar Internet. Dazu noch weiblich in der Geschäftswelt. Damals absolut nicht üblich.
Das sollte ich ab dem Jahr 1957 oft schmerzlich zu spüren bekommen.

Ab diesem Jahr konnte mein Mann mir nicht mehr helfen. Er war vor dem Krieg schon Beamter auf Lebenszeit gewesen und konnte endlich in den Staatsdienst zurückkehren.
1957 und 1958 war er während der Kirchweih gar nicht in Erlangen sondern war auf Schulungen, um in den mittleren Dienst im Strafvollzug aufzusteigen.

Nun musste ich Mitarbeiter einstellen. Nicht nur für die Kirchweih, auch für die Vorarbeiten. Zu der Zeit waren die Keller mit Ausnahme vom Erich alle noch mit Klappmöbeln ausgestattet. 120 Tische und 240 Bänke waren einen Tag vor der Kirchweih auf dem Gelände aufzustellen − und das bis zu fünf Treppen hoch. Früher hatte mein Mann die Tische und ich die Bänke gemacht. Durch die schwere Zeit der Kriegs- und Nachkriegszeit waren die Leute auch alle motiviert, mal hart zu arbeiten.

Heute sitzen viele am Computer und vermehren so ihr Geld.

Ich habe also kein Problem, Männer mit passender Größe und Gewicht zu finden, die mich mit meinen 50 Kilo und Größe 164 akzeptieren.
Ich mache es mir zur Gewohnheit, am ersten Tage alle um mich herumzusammeln und Folgendes mit ihnen zu besprechen:
„Ihr seid meine Mitarbeiter und keine Befehlsempfänger. Ich weiß, ohne euch bin ich nichts. Wir sitzen alle in einem Boot. Ihr wollt Geld verdienen und ich auch. Ich erwarte von euch, dass ihr voll zu mir steht und nicht einer am dritten Tag sagt, morgen kann ich nicht, weil meiner Schwiegermutters Katze Junge kriegt. Einer kann nur das Sagen haben und das bin nun einmal ich. Ich verspreche euch, noch auf den Knien herzurutschen, dass alles reibungslos läuft."
Das war immer mein Konzept in all den fünfzig Jahren, auch ein offenes Ohr für meine Mitarbeiter zu haben.

Solange wir aus Fässern ausschenken mussten, war das immer eine gigantische Plackerei.
So manches Mal konnte ich nicht mehr hinschauen, wenn wieder ein 100- Liter-Fass auf den Schenkblock gehoben werden musste. So ein Brummer hatte seine drei Zentner und wehe, einen verlässt die Kraft. Das wäre eine Katastrophe.

Mitte der 50er Jahre fange ich an, nach jeder Kirchweih feste Tische und Bänke aufschlagen zu lassen. Terrasse für Terrasse, soweit Geld vorhanden war und ich investieren konnte. Diese Plackerei des Aufbauens wollte ich etwas abstellen. Es fing auch von Jahr zu Jahr mehr an, dass die Gäste bei guter Stimmung auf die Bänke stiegen und darauf tanzten, so dass sich manche Bank durch das Gewicht der Übermütigen durchbog und auch manchmal zusammenbrach - Gott sei Dank ohne ernste Verletzungen! Es war für sie nur Gaudi.

Vor allem lagen sie aber oft noch früh am Morgen kreuz und quer in Müll- und Essensresten – ein einziges Chaos.

Die Stadt erhöht ihre Bürokratie. Mit den Platzüberlassungsverträgen wird man noch extra auf Rechte und Pflichten hingewiesen. Es werden immer mehr DIN A 4–Seiten. Das ist aber meistens noch nicht alles. Jeder von irgend einem Amt fühlt sich plötzlich zuständig, dich auf irgend einen Mangel hinzuweisen, oft getarnt als guten Rat.

1995 beispielsweise hatte ich einmal im Winter 180 Meter blau-weiße Wimpel genäht, um das ganze Kellergelände damit zu schmücken. Sogar das brachte mir einen Hinweis darauf ein, der da lautete: Blau-weiß ist Bayerisch, in Franken sind die Farben rot-weiß.

Ich nehme es ohne Kommentar hin wie Wind und Regen und verwende sie im Jahr darauf nicht mehr.

Was mir alle Jahre zu schaffen macht, ist die Kälte im Keller. Bis zum heutigen Tage hat er konstant 8 Grad plus, auch wenn die Temperatur draußen mal 25 – 30 Grad beträgt. Im vorderen Bereich wird es tagsüber etwas wärmer, doch wenn nachts die Tür geschlossen ist, ist es wie eh und je. Auch sind die Keller enorm feucht. Kleidung wird bis heute in großen Kübeln mit Deckeln fest verschlossen, so dass sie für das Wechseln nach Feierabend trocken bleiben.

Immer amüsiere ich mich köstlich, wenn jemand uns besucht und von 25 Grad draußen kommt und sagt, „oh,

da bleiben wir. Hier ist es schön kühl." Die Männer, kurzärmelig, die Damen in feinsten Seidenblusen. Es dauert keine fünf Minuten und sie verlassen fluchtartig den Keller.
Ich erinnere mich an eine Begebenheit mit einem Herrn von der Berufsgenossenschaft. Der hatte mit dickem Paragraphen-Buch bewaffnet angeblich alles zu überprüfen.

Im Außenbereich wurden die Fassungen beanstandet. Sie waren aus Messing und mussten laut Vorschrift nun aus Porzellan sein. Im Laufe der 50er Jahre wurden selbige noch zweimal gewechselt, nämlich von Porzellan auf Bakalit und von da an auf Feuchtraumleuchtkette.
Geländer, Treppen - alles wurde inspiziert und zum Teil beanstandet. Dann kommt der Hammer! Keller im Innenbereich! Er bleibt bei den Schenkern stehen. Die Hauptperson am Fass eins ist Theo, vom Beruf Landwirt und Arbeiter im Tiefbau. Die Statur doppelt wie der Schlipsund Kragen-Mann. Theo in Hemdsärmeln, der Schweiß tropft fast vom Kinn, denn wir sind schon im Hauptgeschäft.

Es ist Dienstagnachmittag – das ist der Erlanger Tag. Firmen, Läden, Schulen – alles hat geschlossen. Erlangen ist auf dem Berg. Jetzt geht es los.
„Meine Herren, wenn Sie hier in dem Keller arbeiten, müssen Sie Schutzkleidung tragen. Das ist Vorschrift!"

Theo, mein Theo! Die Antworten, die der Herr von der Berufsgenossenschaft bekommen hat, will ich hier nicht wörtlich niederschreiben. Auf jeden Fall waren sie hochgradig ironisch, aber auch mit drohendem Unterton. Überhaupt! Es eskalierte dann fast, als dieser Herr noch fragte, wo denn der vorgeschriebene Aufenthaltsraum für das Personal wäre. Nun mischten sich auch die anderen Mitarbeiter mit ein und hantierten beim Krug-spülen so, als wollten sie den Keller in ein Aquarium verwandeln.

Der Schlips- und Kragen-Mann verließ fluchtartig den Keller. Er war nie mehr gesehen, auch bei späteren Kontrollen war er nie mehr dabei.

Im Jahre 1955 ist Siemens mit der gesamten Verwaltung von Berlin nach Erlangen umgezogen, gab es doch zu der Zeit schon Siemens-Reiniger, Siemens-Halske und Gebbert + Schall.

Erlangen ist nun nicht nur Universitäts-, sondern auch Siemens-Stadt.

Viele Mitarbeiter waren aus der Großstadt Berlin in die Kleinstadt Erlangen mitgezogen, Siemens plante auf dem Berggelände ein großes Kellerfest zu feiern. Man wollte den Mitarbeitern die Kleinstadt mit zirka 35.000 Einwohnern damit etwas schmackhafter machen.

Vom Hofbräu- bis Entlas-Keller wird alles mit Fichten-bäumchen abgesperrt, so dass nur die Werksangehöri-gen daran teilnehmen dürfen.

Es werden drei Bier- und zwei Essenmarken pro Person. ausgegeben. Die Wirte der Keller werden zum Aus-handeln des Bierpreises vorgeladen.

Ich hatte mir vorgestellt, vielleicht ein paar Pfennige mehr zu bekommen, aber denkste Puppe! Sie wollten sogar fünf Pfennige weniger bezahlen. Ich erklärte da-raufhin, „dass ich das auf keinen Fall mit mir machen lassen werden, weil die Kosten vom Aufstellen der Garnituren und für den Schankbetrieb so hoch sind, dass da nichts mehr übrig bleibt. Ich würde mir eine Arbeit kaufen – und das mache ich nicht."

Darauf meinte der Vernehmungspartner,"ich sollte doch Italiener nehmen, die wären billig." Jetzt war ich aber richtig auf der Palme und antwortete: „Sie sind Kaufmann, vielleicht sogar ein Guter, aber von meinem Geschäft verstehen sie gar nichts. Ich brauche Zwei-Meter-Männer und keine Zwerge."

Ich stehe auf und will gehen. Endlich macht der Betreiber vom Nachbar-Keller auch seinen Mund auf und am Ende der Besprechung kommen – hurra! – 5 Pfennige mehr heraus.

Trotz der geglaubten todsicheren Absperrung waren aber nicht nur die 300 Werksmitarbeiter auf dem Gelände anwesend, sondern eine Stunde nach Beginn um 16 Uhr mindestens schon 1000 mehr und bei Anbruch

der Dunkelheit hatte sich die Zahl verdoppelt. Brüder, Schwestern, Onkel, Tanten, Eltern, Freunde, alles, was kreucht und fleucht wollte teilnehmen, um dieses grandiose Fest mit drei Kapellen und Feuerwerk zu erleben. So hatten wir am Ende mehr Bier auf Bargeld als auf Marken verkauft.

Insgesamt fand das Siemens-Kellerfest fünfmal statt. Da es aber im fünften Jahr zum festgesetzten Termin am Morgen fürchterlich regnete, wurde es um acht Tage verschoben. Schade, denn ab Mittag wurde es schön. Beim zweiten Mal war es genau umgekehrt. Da war es früh eitel Sonnenschein und am Nachmittag gab es ein schweres Gewitter mit wolkenbruchartigem Regen.

Die Frauen, die lange Bockwürste in Kipferln auf die Essensmarken ausgeben mussten, konnten gar nicht so schnell einpacken, so dass die aufgeweichten Kipferl wie kleine Schiffchen den Berg hinunterschwammen.

Jetzt schreiben wir schon 1955. Die Bergkirchweih wird 200 Jahre alt. Es gibt einen schönen Festumzug. Der Berg entwickelt sich so langsam zum Publikumsmagnet. Die Motorisierung nimmt zu. Wer der Zeit entsprechend gut verdient und seinen Hausrat über die Kriegszeit gerettet hat, leistet sich, was ihm schmeckt.

Unser Bier ist beliebt. Es ist süffig, mehr gemalzt und gehopft. Die Stammwürze ist noch einmal auf 13,5 Prozent gestiegen und heißt jetzt Fest-Märzen.

Ich erinnere mich, dass wir 1950 in der Gaststätte noch Bierfilze hatten. Sie waren viereckig und aus braunem Filz. Wenn das Bier mal über den Glasrand schäumte, blieb es am Glas kleben. Abends musste man sie auswaschen und über Nacht auf Papier legen.

Ansonsten waren sie am nächsten Tag hart wie ein Brett.

Wenn in der Hitze des Gefechtes einem das Bier mal über die Hände lief, brachte man die Finger nicht mehr auseinander. Man stand da, wie die Ente mit Schwimmflossen.

Am Ende der Kirchweih 1955 waren meine Hände und die halben Unterarme rot und hatten einen juckenden Ausschlag. Ich musste in die Hautklinik. Dort erklärte man mir, ich hätte die Bierkrätze. Ich wurde das komplette Versuchskaninchen.

Von weiß, gelb, schwarz – alle Salben und Tinkturen wurden an mir ausprobiert. Schlimm war, dass ich immer bis zu den Fingerspitzen verbunden wurde. Wie sollte ich daheim in der Gaststätte arbeiten? Vor allem, was sage ich zu den Gästen? Ich habe es damit erklärt, „ich hätte mich ein bisserl verbrannt."

Nun, es ist nicht alles nur schlecht, wenn es nicht auch etwas Gutes hätte. Jedenfalls hatte es zur Folge, dass ich das Krugspülproblem gelöst habe.

Die Brauerei verfügte schon über transportable Becken, die sie für die Zeltgeschäfte brauchte, und ich konnte sie ausleihen.

Aber, wohin nun mit dem Abwasser? Die Holzwanne entleerten wir ja immer erst nach Feierabend vor der Kellertür. Im Keller selbst war ja nur ein Sickerloch in der Größe 30 x 30 Zentimeter und zirka 60 Zentimeter tief.

Mein Dilemma erzähle ich dem Vater des jetzigen Betreibers vom Entlas-Keller – und siehe da! –, er wusste die Lösung. Am Anfang seines Kellers stand noch nach dem Krieg ein kleines Wohnhaus. Es war total vom Schwamm befallen, so dass er es abgerissen hatte. Dort gab es aber schon Wasser und Abwasser und er war sich ganz sicher, dass die Kanalrohre unmittelbar an den Kellern vorbeiliefen und dann zu den Regengullys führten.

So war es dann auch. Wir gruben auf und konnten unseren Ablauf anschließen. Dreißig Jahre später mussten wir noch einmal aufgraben. Bei einer Verstopfung hatte sich der Greifer von der Spirale so festgefressen, dass er sich weder vor- noch rückwärts bewegen konnte. Nach dem Aufgraben stellten wir fest, dass das Tonrohr ein Loch hatte und eine Baumwurzel hineingewachsen war.

Leider habe ich bis weit über 1960 hinaus keine Zeitungsausschnitte aufgehoben, geschweige selber etwas schriftlich festgehalten.
Deshalb ist es möglich, dass von mir vielleicht Daten oder Vorkommnisse einem falschen Jahr zugeordnet wurden.
Leben versteht man sowieso nur rückwärts – Leben muss man es aber vorwärts.

In diesen Jahren war die Entwicklung auch noch nicht so rasant.

Erlangen wurde größer und größer. Der Autoverkehr nahm zu. Ein VW-Käfer kostete damals acht- bis zehntausend DM, und als ich am 23. 10. 1957 meinen Führerschein machte, hatte Erlangen eine einzige Ampel – und die war beim Schuh-Schuster.

1956 haben wir im Oktober die Gaststätte verpachtet, weil mein Mann nun wieder eine feste Anstellung im Strafvollzug hatte und für das Amtsgerichts-Gefängnis in Erlangen vorgesehen war.

Durch die gewonnene Zeit konnte ich mich mehr und mehr der Bergkirchweih widmen und durch Eigenleistung viel Geld sparen für notwendige Investitionen. Geld von der Bank gab es damals überhaupt nicht. Sparen war angesagt. Übrigens für mich war eine Mark immer hundert Pfennige und nicht eine Zahl auf dem Papier, wie es manche Leute heute sehen.

1958 im Frühjahr kauften wir ein Auto - gebraucht für 800 Mark. Ich habe zwar seit Oktober 1957 einen Führerschein, aber keine Fahrpraxis. Ich habe Angst, große Angst vor den PS, heißt Pferdestärke unter meinem Allerwertesten. Ich soll nach Hesselberg fahren, Kartoffeln holen. Ich überlege: Auskuppeln, Gas geben, Einkuppeln. Ich schleiche im zweiten Gang Richtung Dechsendorf-Hessdorf. In Dannberg wird an der Straße gebaut. Wer kommt, muss anhalten. Es dauert eine halbe Stunde und ich plaudere mit den Arbeitern. Für die bin ich etwas Besonders – „Frau am Steuer!"
Immerhin waren beim Führerscheinerwerb einundzwanzig Männern - und ich die einzige Frau.

Als mein Mann abends heim kommt, fragte er natürlich: „Na, warst du da?" - „Na klar war ich da!", sagte ich und lächelt. Er wusste, dass ich eigentlich Angst vor dem Fahren hatte. Ich bin aber zu ehrgeizig, es zuzugeben. Mein Motto ist doch sowieso: Alles geht, nur Frösche hüpfen.

1958 die Kirchweih naht. Ich hole voller Stolz meine Schwester und Schwager mit dem Auto von der Bahn ab. Sie helfen gleich mit bei den Vorbereitungsarbeiten. Ich kriege die Auflage von Ordnungsamt, vorn im Keller ein Lattenrost zu verlegen.

Meine Schwester macht wieder als Bedienung mit und mein Schwager verkauft mit Bauchladen auf dem Keller Zigaretten.

Als sie wieder in der DDR zurück waren, bekamen sie Schwierigkeiten und ihnen wurde klar gemacht, dass sie für die nächste Zeit kein Besuchsvisum mehr bekommen würden. Uns war beiden bewusst, dass wir uns lange nicht mehr sehen werden.
Erst als meine Schwester Invalidenrentnerin wurde, konnte sie mich wenigstens besuchen und mir bei der Kirchweih helfen.

Von 1950 bis Mitte der 60er Jahre wurde im Henninger Keller von der Familie H. noch Champignons gezüchtet – auf echtem Pferdemist! Sehr oft hat mir der Meister ein kleines volles Körbchen geschenkt. Als ich aber einmal gesehen hatte, wie die so genannte Brut aufgebracht wurde, wollte ich keine mehr. In Glasbehältern sah es aus wie Spinnenweben, ganz komisch und ekelig. Als der alte Besitzer starb, hat der Sohn die Zucht nicht weitergeführt.

Ich stöberte in alten Archiven herum und konnte das von meinem Schwiegervater bereits erfahrene Wissen über die Bergkirchweih weiter vertiefen.
Wie bereits von mir erwähnt, wurde 1775 der Pfingstmarkt mit den Schützen zusammengelegt , das ist belegt durch alte Schießscheiben. Es gab dreizehn Felsenkeller, doch damals durfte nur während des alljährlichen Vogelschießens Bier direkt aus den Kellern geschenkt werden. Mit der Zeit wurden die Keller immer mehr ausgebaut. Damals kam den Brauereien Folgendes zur Hilfe, „Was nicht das Tageslicht erblickt brauchte nicht genehmigt werden."

Als in den 80er Jahren einmal auf mein Verlangen hin von einer Baufirma, die am Anfang der Bergstraße ihren Sitz hatte, eine Reparatur im Kellergewölbe ganz vorn über der Schenke vornahm, hing ein großer Quader an der Decke etwa fünf Zentimeter weit runter.

Ich hatte immer Angst, er könnte einmal herabstürzen. So wurde von oben das Gewölbe freigelegt. Der Baumeister hat mir dann gezeigt, dass überhaupt nichts hätte passieren können. Die Sandsteinquader waren so behauen und geformt und ohne Mörtel verkeilt, dass alles stabil war.

Ja, unsere Vorfahren waren auch nicht dumm.

Heute weiß man aber, dass der Feind für Sandstein Feuchtigkeit ist und erst seit 1999, als der große Einsturz auf unserem Keller passierte und die Spezialisten der Bergbauämter aus Regensburg und Bayreuth sich im Auftrag der Stadt um die Sicherheit der Keller kümmerten, ist eine ständige Belüftung gewährleistet. Denn der Henninger-Keller erstreckt sich etwa über 800 Metern durch den ganzen Berg und ist am Ende nur mit einem offenen Gitter versehen.

Nur an den zwölf Tagen der Bergkirchweih verschließen wir tagsüber den Durchzug, der nämlich bewirkt, dass die Temperatur noch einmal um zwei Grad niedriger wird und dann nur sechs Grad plus hat.

Trotz Winterstiefel und warmer Kleidung wird es nach über fünfzehn Stunden Arbeitszeit unerträglich.

So kommt langsam 1960 heran.

Doch nun noch weiter in meiner privaten Chronik. Das mit der Musik klappt ganz gut. Inzwischen haben wir eine andere Kapelle. Das mit der Blasmusik wird zum Problem. Alle Bläser haben am dritten Tag wunde Lippen. Der ganze Trend geht auch schon zu neuen Schlagern, wie beispielsweise „Marmor, Stein und Eisen bricht" oder „Jetzt wird wieder in die Hände gespuckt. Aber auch das „Kufstein-Lied" und natürlich um 23 Uhr obligatorisch „Lilli-Marlen".

Mit den geschlagenen Tischen und Bänken sind wir auf dem gesamten Gelände fast fertig. Was für eine Erleichterung dachte ich, musste aber das Sprichwort umdrehen, das da lautet: Kein Ding ist so schlecht, dass es nicht auch etwas Gutes hätte in „Kein Ding ist so gut, dass es nicht auch etwas Schlechtes hätte. Denn: Nun mussten wir alles selbst pflegen. Das heißt: Nach der Kirchweih alle Tische und Bänke mit der Hand scheuern und wenn sie trocken waren mit einem Einlassgrund einstreichen, damit sie im Winter gut durch Eis und Schnee kommen. Vor der Kirchweih die gleiche Prozedur, rappelschwarz von Staub und Ruß. Nach Putzen von etwa 2 Tischen und 4 Bänken war das Putzwasser kohlschwarz. Es dauerte immer gut 8 Tage, bis man es bewältigt hat. Würde man Tische und Bankbretter aneinander legen, so ergibt das eine Strecke von 1224 Metern. Diese Handarbeit ist auch heute noch gang und gäbe, denn bei jeder mechanischen Bearbeitung - sagt der Fachmann – stehen dem Holz die Haare auf und die Haltbarkeit ist nicht mehr so gut. Bis auf den heutigen Tag ist das Pflegen des Geländes noch immer so.

Auf jeden Fall ist es aber besser als das Ersetzen der Bretter denn das Holz in der Stärke ist sehr, sehr teuer geworden.

Ab 1960 wechseln die Kapellen nun schon öfter. Auch teilen wir sie auf in zweimal 6 Tage. Das hat natürlich zur Folge, dass bei der einen oder anderen Kapelle auch einmal ein Regentag dabei ist. 1960 war keine gute Bergkirchweih. Der Wettergott hatte nicht mitgespielt.

Aber nach zehn Jahren hat man es sich schon abgewöhnt, darüber zu klagen.

Das sollte sich bald bewahrheiten. Als 1960 die Bergkirchweih vorüber ist und der Sommer nahte, klingelt unsere Pächterin der Gaststätte bei uns und meldet Besuch an. Ich traue meinen Augen nicht, als ich den Besitzer der einzigen Privatbrauerei in Erlangen erkenne.
Ich bin fast steif vor Ehrfurcht und weiß nicht, was ich sagen soll. Er teilte mir freundlich mit, was der Grund des Besuches ist.
Voller Verzweiflung meinte er, dass ich seine letzte Rettung wäre. Es ginge um die Kirchweih in Bubenreuth. Das Lokal wurde von der Behörde der Stadt wegen Unsauberkeit schon vor 4 Wochen geschlossen. Ein Bewerber hatte aber zugesagt, die Kirchweih zu machen. Dieser hatte aber am Vortag abgesagt. Nun wäre ich seine allerletzte Rettung.

Es ist Dienstag – die Kirchweih beginnt Freitag. Ich schaue ihn an, wiege den Kopf hin und her und antworte: „Lieber Herr K., Unmögliches wird sofort erledigt, aber Wunder dauern länger."
Ich bin hin- und hergerissen, zweifle am eigenen Können. Mein Ehrgeiz erhält von ihm Nachschub: „Liebe Frau Steinmüller, wer die Bergkirchweih beherrscht, kann das auch."
Das ist aber die Meinung eines Kaufmannes, nicht von jemand, der weiß, wie es an der Basis aussieht.
Er klopft mich regelrecht weich.
„Also gut", sage ich, „aber räumen Sie mir bitte ein, dass ich eventuell improvisieren muss."
Ich verlasse ihn dann mit den Worten: „Morgen, 14 Uhr, bin ich in der Brauerei, um zu besprechen, welche Unterstützung von dort nötig ist."

Für mich ist am nächsten Morgen sehr früh die Nacht vorbei. Ich muss mit meinem Metzger zum Schlachthof Schweine kaufen und mit ihm alle Termine durchsprechen, damit es nachher bei der Verpflegung keine Pannen gibt.

Dann geht es los, die Stammmitarbeiter zu alarmieren. Wer Zeit und Lust hat, soll sich sofort melden. Ich bin unterwegs wie der fliegende Holländer, aber der Erfolg wächst und macht mir Mut, die Herausforderung zu bewältigen. Um 15 Uhr bin ich zum ersten Mal vor Ort, um die Räumlichkeiten zu besichtigen.

Die alte Pächterin wohnt noch dort, eine liebenswürdige alte Dame. Sie zeigt mir alles und schildert mir, wie die Kirchweih etwa immer abläuft. Auch bringt sie mir einen Burschen mit, 14 Jahre alt und stellt ihn mir vor mit den Worten: „Das ist der Werner, behalten Sie ihn. Der kennt hier jeden Lichtschalter."

Schon am Dienstagabend bin ich so weit, dass ich schon einmal genügend Helfer habe. Mittwoch früh geht es los mit zwei Frauen, um die Räumlichkeiten instand zu setzen, damit wir den Anforderungen der Behörde entsprechen.

Donnerstag probiere ich den großen Herd in der Küche aus. Gott sei Dank wusste ich aus meiner Lehrzeit, wie er funktioniert. Er ist rundum begehbar und der Kaminanschluss erfolgt mit Unterzug, das heißt, er geht auf dem Fußboden entlang in den Kamin. Nach fünfzehn Minuten ist nicht nur die Küche voller Qualm, sondern schon das ganze Haus.

Ich bin am Verzweifeln. Der Schlotfeger muss her. Er kommt auch sehr schnell und öffnet den Schacht. Der ist bis oben voll mit Ruß. Da hilft nur eines: Raus damit! Als er fertig ist, müssen wir noch einmal alles von vorn putzen, putzen, denn es ist alles schwarz von Ruß – wir nicht ausgenommen. Wir sind völlig erschöpft.

Bis heute habe ich immer Respekt vor Leuten, die sich ihren Erfolg selbst erarbeitet haben und nicht in der Wahl der Eltern das Glück hatten, alles schon fertig vorzufinden.

Freitagmittag sind die Vorarbeiten fertig. Die Gäste können kommen. Die Küche, das Gastzimmer, der Saal, der Garten, das Salettle. Insgesamt haben wir drei Schankstellen, sechs Kellner und fünfzehn Helfer, männlich wie weiblich.
Wir glauben, dem Ansturm gewachsen zu sein.

Freitag und Samstag war das auch so, aber am Sonntag brach die Hölle los. Der Garten und das Lokal waren rappelvoll.

Das Mittagessen war noch nicht ganz vorbei, da mussten wir bereits riesige Töpfe auf den Herd für den Kaffee stellen, denn Kaffeemaschinen gab es damals noch nicht.
Ein Mitarbeiter war Bäcker, und er hatte sich von seinem Betrieb die Backstraße für Krapfen ausgeborgt. Außerdem gab es Blechkuchen mit Obst-Streusel.

Endlich komme ich einmal dazu, in die Waschküche am Hof zu gehen. Dort wird das Geschirr gespült, was in Waschkörben gesammelt wird. Außer den zwei Frauen ist auch die alte Pächterin dort mit zugange.
Ich sage: „Hallo, was machen Sie denn hier?"

„Ach", sagte sie, „ich konnte einfach nicht mehr zuschauen, wie viel Arbeit Sie haben."

Im dicksten „Gewerch" steht Herr K. an der Küchenaus-
gabe. Mir kommt nicht gleich zum Bewusstsein, wer da
wartet, denn ich bin gerade dabei, wie ein Dirigent ohne
Taktstock den Mitarbeitern voraus schauend Tätigkeiten
zuzuordnen. Auf einmal fällt mir ein – oh, Gott, das ist ja
Herr K. Ich gehe hin und entschuldige mich.

Er antwortet: „Sie brauchen sich nicht zu entschuldigen.
Ich habe gerne mal zugeschaut und bin angenehm
überrascht."
Er erzählt mir dann noch, dass am Kirchweih-Montag
Studenten-Tag ist.
Das Lokal ist im Besitz der Verbindung der Bubenruthia
und morgen kommen die Alt-Herren, die der Verbindung
angehören. Alle Studenten werden von denen eingeladen und Speis` und Trank kostet nichts. Der Besitzer
von Kaffee Darboven aus Hamburg (Idee-Kaffee) hat
sich auch angemeldet.
Bis zwölf Uhr Mittag sind alle da. Die Studenten in
vollem Wichs mit Säbeln an der Seite, denn es ist ja eine
schlagende Verbindung. Schön anzuschauen in ihrer
Uniform, auch ein Publikumsmagnet. Was Studenten
essen und trinken können, wenn es nichts kostet, ist fast
unglaublich. Diese fünfzig Mann haben uns ganz schön
auf Trab gehalten.

Das war die Bubenreuther Kirchweih. Dass sie mir in
den nächsten zehn Jahren so viel mehr Geschäft
einbrachte, hätte ich nicht erwartet.

Für diese Brauerei habe ich noch viele Feste mit Zelt
abgewickelt und sechs Jahre nacheinander in Ottensoos
jeweils eine gleich große Kirchweih gemacht. Die
ortsansässige Brauerei dort gehörte der Frau Kitzmann.
Es ist die Kronenbräu.

Wie am Anfang des Buches schon erwähnt, habe ich bis 1975 keine Zeitungsberichte aufgehoben. Somit haben meine Erinnerungen doch Lücken. Was aber besondere Ereignisse anbetrifft, hilft mir mein gutes Gedächtnis, unabhängig davon, ob die Ereignisse gut oder schlecht waren. Zu sehr war ich auch in dieser Zeit damit beschäftigt, Verbesserungen für den Keller vorzunehmen. Die Gesetze und Vorschriften wurden immer größer, so dass ich von 1964 an keine Bratwürste am Stand auf dem Kellergelände braten darf. Alle Eingaben, die ich mache, werden abgeschmettert.

1965 bekomme ich im Lokal einen neuen Pächter. Er ist aus Innsbruck und hat dort zwei Jahre im Wienerwald als Hähnchenbrater gearbeitet. Er stellt mir sein Konzept vor – ich bin begeistert.

In Fürth gibt es schon ein Lokal dieser Art und ist in aller Munde. Meine Familie ist zwar dagegen, aber trotz mehreren Bewerbern gebe ich ihm den Vorrang. Wir bauen und werkeln, mein Kopf fährt mal wieder Achterbahn, und am 1. 12. 1965 ist die Eröffnung. Wir erleben

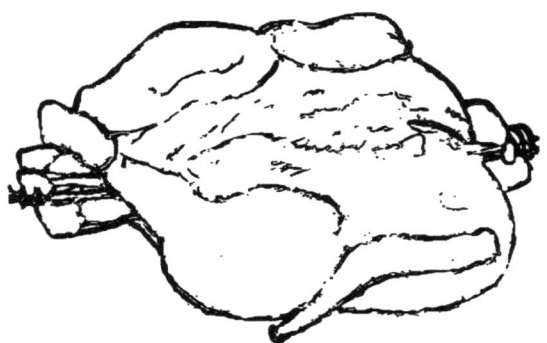

den ganzen Winter ein Bombengeschäft. Tagtäglich helfe ich mit und so werde ich eine perfekte Hendlbraterin.

Nach vier Wochen bekommen wir von der Gesellschaft Wienerwald einen bösen Brief, dass der Name geschützt ist und wir ihn nicht benutzen dürfen. So lassen wir das Wiener weg und nennen es schlicht nur Brathendlstation. Weil das aber ein langes Wort ist, taufen die Studenten es schlicht und ergreifend um in „Hühnertod".

Unter diesem Namen wurden wir bekannt und als nach dreiundzwanzig Jahren der Pächter aufhörte und ein Neuer kam und wir die Braterei auf dem Hofgelände neu ausbauten, sollte auch ein anderer Name her. Der neue Pächter kam aus Würzburg. Er will außer Hendl auch Imbiss anbieten, aber alle Namen sind schon regelrecht abgedroschen und gefallen uns beiden nicht. Ich erzähle ihm so beiläufig, dass die Studenten es immer Hühnertod genannt haben.

Er springt vom Stuhl und sagt: **„Das ist es!"**

Nun sind es aber zwei Paar Stiefel, ob es der Volksmund sagt oder es eine offizielle Firmenbezeichnung ist. Es gipfelte einmal in einem Vorfall, dass wir unseren Kombi, der lila angestrichen war und groß in schwarzer Schrift diesen makabren Namen trug, aus einem Wohnviertel entfernen mussten. Heute nach fünfzehn

Jahren kennt ihn jedes Kind hier in Erlangen schon im Vorschulalter und die Gaststätte „Hühnertod" ist allen Einwohnern von Erlangen ein Begriff und ist es bis heute geblieben.

1966, Ende Februar, es liegt noch etwas Schnee, bekomme ich einen Anruf von der Stadtverwaltung. Das Amt für öffentliche Ordnung bekam einen neuen Leiter und der lässt fragen, ob ich bereit wäre, das Gelände der Bergkirchweih mit ihm zu besichtigen. Ich würde mich dort gut auskennen, so war man der Meinung.

Zwei Tage später ist es soweit. Ich habe schon kalte Füße vom Warten und bin ganz aufgeregt. Superfein habe ich mich gemacht. Silbergrauer Pelzmantel, weinrote Stiefel und Handtasche – so stehe ich da, als wäre ich gerade aus einem Schaufenster gestiegen.

Jetzt kommt das Auto. Ein Herr steigt aus, einen Kopf größer als ich. Eine imposante Erscheinung, flößt mir fast Furcht ein. Er begrüßt mich mit freundlichem Lächeln, und wir wandern nach rechts an den Kellern entlang. Ich erzähle ihm alles, was ich weiß. So landen wir dann vor meiner Kellertür und ich erzähle ihm, dass ich auf dem unteren Gelände seit zwei Jahren keine Bratwürste mehr braten darf. Ich würde aber gerne dort ab der nächsten Kirchweih Hähnchen braten und möchte einen kleinen Stand bauen lassen. Er rät mir, ein Gesuch zur Platzüberlassung schriftlich einzureichen. Nur ein paar Tage später hatte ich die Genehmigung und noch nicht einmal die Größe des Standes war vorgeschrieben. Da ich anfangs Bedenken hatte, haben wir erst einmal einen kleinen Stand in den Maßen 2 x 2 Meter vorgesehen.

Langsam kommt das Frühjahr, und wir beginnen mit den Vorarbeiten. Ich hole meine blaue Latzhose aus dem Schrank, denn Bluejeans gab es noch nicht. Die waren halt praktisch. Man konnte überall damit herumklettern. Wenn ich damit in die Niederlassung Hartmannstraße kam, sagte der Prokurist: „Au weia, die Bergkirchweih naht. Die Frau Steinmüller kommt im Kampfanzug."

Ein paar Tage vor der Kirchweih sehe ich vom Keller aus vier Herren den Berg heraufkommen, die sich dann unten vor den Keller setzen. Sie haben eine Brotzeit und Flaschenbier dabei. Ich traue meinen Augen nicht. Es ist die „oberste Heeresleitung" der Stadt. Der Ober-bürgermeister, der Dr. Sch. , ein Stadtrat und Herr Reim, der neue Chef vom Ordnungsamt.

Was mache ich bloß, dachte ich, ich kann doch so schmutzig wie ich bin nicht einfach zu ihnen gehen?

Schließlich fasse ich mir doch ein Herz, gehe zum Tisch und sage: „Entschuldigen Sie meinen Aufzug." Da steht Herr Reim auf und sagt: „Was heißt denn entschuldigen! Ich finde das fabelhaft. Das hätte ich Ihnen nicht zu-getraut."
So war der Bann gebrochen. In den siebzehn Jahre seiner Amtszeit habe ich erlebt, dass bei ihm die Menschlichkeit im Vordergrund stand, erst dann kamen die Ge- und Verbote. Danke!
1966 war auch das Jahr, an dem ich erfahren musste, dass der Ausschank im Zelt immer weniger wurde. An den Kellern nimmt er zu und im Zelt ab. Ich wage eine andere Musik.
Zu der Zeit gibt es in Erlangen eine Beatgruppe. Es ge-lingt mir, sie zu gewinnen. Meine Wirte-Kollegen erklä-ren mich für komplett verrückt. Trotz aller Unkenrufe wird

es ein Erfolg. Das Zelt ist ausgelegt für 250 Personen – aber 500 sind drin! Jeden Tag rappelvoll.

Wir verdreifachen den Umsatz. Das ist so eine Bombe, dass der Direktor St. von Bamberg kommt, um sich das anzusehen. Leider hat das nur zwei Jahre gedauert. Hinten, wo das Zelt steht, gab es keine Toiletten. Der Hang war nicht mehr standsicher. Ich musste das Zelt aufgeben.
Erst war es mir nicht so recht, aber im gleichen Jahr an Sylvester verstarb mein Bruder, der das Zelt immer geleitet hatte im Alter von nur 41 Jahren.

Als Ersatz für den Zeltplatz bekomme ich von der Stadt einen Stand an der Bergstraße.

Dort verkaufen wir Schnitzel, Sandwiches, Hamburger und Pommes frites. Anfang der siebziger Jahre kursiert das Gerücht, die Henninger-Reif-Bräu GmbH ist verkauft und soll abgerissen werden. Dort soll ein Pendant entstehen für den neuen Markt in Form eines großen Supermarktes und eine Ladenzeile.
Manchmal freut man sich ja, einen Konkurrenten weniger zu haben, aber bei mir hielt sich das in Grenzen. Hatten wir doch schon alle auf der Bergkirchweih das gleiche Bier. Das Henninger Gelände hatte schon längst die Patrizier aufgekauft und nur nicht das, sondern auch Erich-Bräu, meine Bamberger Hofbräu, Würzburger Bürgerbräu, Geismann in Fürth, Lederer-Bräu, Grüner-Bräu usw. Was wirklich nur „Eingeweihte" wussten war die Tatsache, dass ein großer Konzern alles aufgekauft hatte, auch die dazu

gehörenden Liegenschaften der Brauereien in Form von Gaststätten und Grundstücken. Auf der Bergkirchweih behielten wir aber unseren Namen bei. Uns wurde versichert, das Bier wird noch mit dem Rezept der jeweiligen Brauerei hergestellt.

So langsam fängt in Erlangen die Volksseele an zu kochen. Jeder schwört doch darauf, dass seine Marke das Nonplusultra ist.

Mit großen Zeitungsberichten versucht man, allen Sand in die Augen zu streuen, in dem geschrieben wurde: „Die Patrizier verpflichten sich der Stadt gegenüber, zehn Jahre die Rezepturen der verschiedenen Sorten beizubehalten."
Was die Öffentlichkeit auch lange nicht wusste war, wer oder was ist denn Patrizier? – Na, Schickedanz-Versandhaus Quelle!
So langsam sickert die Wahrheit immer mehr durch und wenn sich auch alle damit abfinden mussten, sollte es noch viel dicker kommen – und das speziell für mich.

Im Frühjahr 1975 werde ich vom Verwalter, der Erlangen betreut, benachrichtigt, dass die Direktion zur Keller-besichtigung kommt. Ich muss aufsperren, denn nur ich habe den Schlüssel. Dort rechtzeitig anwesend, wunde-re ich mich, dass für alle anderen Keller niemand da ist.

Endlich rollt die Wagenkolonne an. Alles Nobelkarossen. zwei Herren sogar mit Fahrer und unser Verwalter. Er führt die Karawane an. Das Tor ist weit offen. Alles marschiert an mir vorbei. Sie grüßen mich flüchtig, ansonsten bin ich für sie Luft. Ich halte mich im Hin-tergrund. Seitlich neben dem Hauptgang hat der Keller einen extra Raum. Zielstrebig gehen alle dort hinein. Vom Hintergrund kriege ich Gesprächsfetzen mit, vor allem aber die Titulierung – „Herr Direktor, Herr Architekt, Herr Baumeister" usw. Es dauert nicht lange und alle begeben sich Richtung Ausgang. Ich bekomme nun mit, dass der Eingang zum Raum vergrößert werden muss. Sonst ginge der Container ja nicht durch. Container? Was ist das? Damit kann ich nichts anfangen. Aber da man von mir keine Notiz nimmt, kann ich erst recht nichts anfangen. Bevor der Herr Direktor den Keller verlassen wollte, stelle ich mich ihm in den Weg. Ohne Angst oder Ehrfurcht sage ich: „Ich bin die Frau Steinmüller, hier Festwirtin seit 1950. Natürlich kennen Sie mich nicht, aber wenn Sie etwas wissen wollen, brauchen Sie ja nur das Kundenblatt anzu-schauen. Ich habe die Nr. 4711."
Heute noch, nach über 50 Jahren, muss ich selbst da-rüber lachen, denn 4711 ist die Bezeichnung für „Kölnisch-Wasser".
Der Verwalter, der schon fast draußen war, kommt zu-rück und stammelt. Der Herr Direktor entschuldigt sich, lässt eine kleine Lobeshymne los auf meine Wenigkeit und verabschiedet sich mit Handschlag bei mir. Das

Gesicht des Verwalters ist immer noch rot wie eine Tomate. Also, einen Container soll ich bekommen, keine Fässer mehr und zwar gleich noch vor der Kirchweih.

Alles, was ich dazu wissen muss, erklärt mir zwei Tage später der Verwalter. Wir sind halbwegs wieder versöhnt, nachdem er sich noch einmal entschuldigt hat und sich bei mir einschmeichelt, dass ich den Container nur bekomme, weil ich neben dem Erich-Keller einen guten Umsatz habe.
Schon beginnen die Arbeiten. Der Container kommt in zwei Teilen. Sonst hätte er überhaupt nicht durch den Eingang gepasst und musste nun wieder innen zusammen geschweißt werden. Er hat ein Fassungsvermögen von 57,24 Hektolitern. An der Vorderseite hat er einen

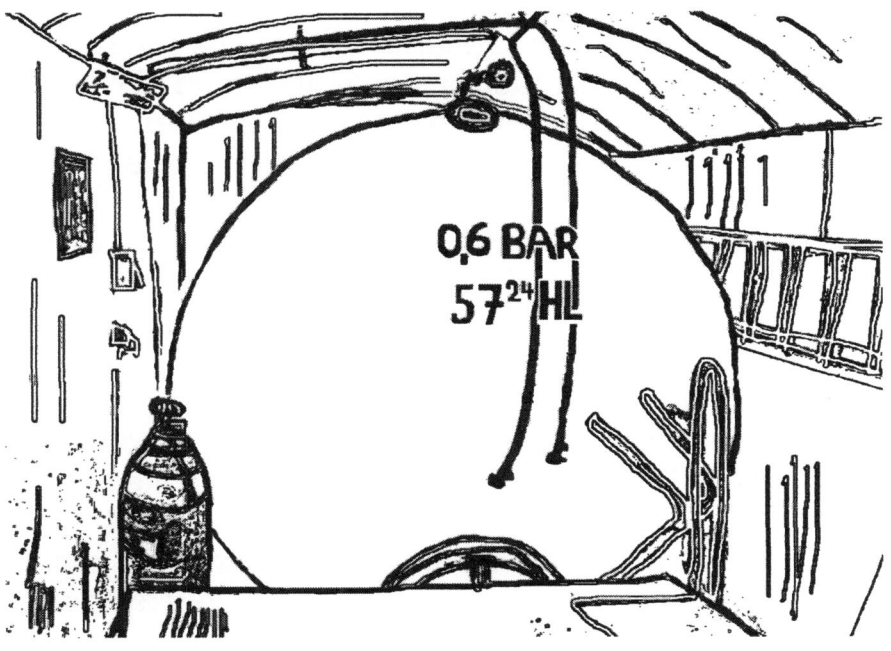

Deckel, so groß, dass ein Mann von nicht all zu großer Statur zum Reinigen hineinkriechen kann. Vor und nach jeder Kirchweih ist diese Prozedur notwendig.

Mit Wasser, einem speziellem Mittel, Schrubber und wasserdichter Lampe muss das gemacht werden. Dann wird er 24 Stunden unter Druck gesetzt und noch einmal mit Wasser gefüllt. Erst dann ist er betriebsbereit.

Ach, was habe ich mich gefreut über die neueste Errungenschaft! Meine Träume hatten Flügel. Endlich keine Fässer mehr. Diese Plackerei hatte ein Ende.
So langsam kommt der Termin der Kirchweih immer näher. Schausteller rollen an, keine Zeit für Privatleben. Ein guter Bekannter kommt vorbei und fragt: „Hast du schon die Zeitung gelegen?"
„Nein", sage ich, „warum? Ist etwas passiert?"
„Ein großer Artikel steht darin", meint er – „Schlagzeile: Bergkirchweih – Bier aus der Attrappe!"
Ich lasse alles stehen und liegen und renne zur Frau G. Sie hatte immer die Zeitung dabei. Sie betreut die Toiletten. Der Bericht ist niederschmetternd. Er beginnt mit den Worten: „Die Biertrinker werden übers Ohr gehauen. Es ist eine Irreführung des Verbrauchers."

Das Amtsgericht ist schon eingeschaltet. Zur Vernehmung ist der Brauerei-Besitzer Georg V. vorgeladen, der schon ein Jahr zuvor bei einer Vereinsfeier in einem Festzelt Bier aus einem Container ausgeschenkt hatte. Bei der Anhörung vor Gericht wurden auch Sachverständige gehört. Richter R. und die Zuhörer im Saal wurden so in die Geheimnisse des Bierausschankes eingeweiht.
Die Bedenken der Lebensmittel-Überwachung konnten widerlegt werden und folgten dem Sachverständigen, dass Alu-Fässer leichter keimfrei gemacht werden könnten und ein Container nicht anders als ein größeres Fass ist. Der beschuldigte Braumeister meinte in seinem Schlusswort ....„wir fahren unser Bier auch nicht mehr

mit Kühen und Gäulen fort". So wurde der Brauerei-besitzer frei gesprochen.

Trotz allem! Bis zur Eröffnung gab es seitenweise Leser-briefe und Kommentare. Nun war erst recht die Hölle los.

Fazit: Du darfst auf der Kirchweih alles machen, nur nichts verändern!

Nun könnte man meinen, die Erlanger allein machen die Kirchweih nicht. Aber selbst in Nürnberg und der gesamten Landbevölkerung war man auf Patrizier-Bier nicht gut zu sprechen. An sich war das nicht anders als jedes andere Bier. Es kam einfach daher, dass viele Kneipen von Mitbürgern übernommen wurden, die wenig Ahnung davon hatten, dass man Bier pflegen muss. Die Leitungen, Gläser, Anstichkörper mussten immer peinlich sauber gehalten werden.

Durch den ganzen Wirbel wird nun das Kirchweih-Gremium der Stadtverwaltung in Marsch gesetzt. Ich werde verdonnert, ein großes Schild malen zu lassen –

„Ausschank aus Großraum-Container".

Es ist für alle Gäste sichtbar aufzuhängen. In roter Schrift auf weißem Grund. Ein Horror für mich.

Am Tag der Eröffnung haben Niklas-, Hübner- und der Henninger-Keller große Tafeln aufgehängt.

„Hier Ausschank in Original-Holzfässern".

Ich war fertig mit der Welt. Jetzt würde ich mit samt Zylinder in einen Fingerhut passen.

Der Tag der Eröffnung ist da. Alle Mitarbeiter sind an ihrem Platz. Ich verkrieche mich hinten im Keller. Von weitem höre ich die Musik. Der Oberbürgermeister kommt, um das erste Fass anzustechen. Die Zeremonie findet in diesem Jahr auf dem Henninger-Keller statt. Das ist unser Nachbar. Ich reiße aus zur Frau G. ins Toilettenhaus. Ich sitze ganz einfach nur da, den Kopf in die Hände gestützt. Ich stelle mir vor, alle Keller sind schon besetzt, nur meiner nicht. Ich weiß nicht mehr, wie viel Zeit ich dort zugebracht habe, schließlich raffe ich mich doch auf und gehe wieder zu meinem Keller. Ich traue meinen Augen nicht. Der kleine Festzug mit dem Oberbürgermeister hatte schon so viel Fußvolk mitgebracht, dass ich mich schon durchwurschteln musste. Am Keller ist Bombenbetrieb. Alle Kellner laufen schon mit vollem Einsatz. Die nervliche Anspannung hatte mich doch so sehr mitgenommen, dass ich ein paar Tränen nicht unterdrücken konnte.

Auf jeden Fall ging dieses Experiment für mich gut aus.

Lange Zeit danach fand ich erst die Erklärung dafür. Wer die Bergkirchweih besucht, überhaupt, wenn es das erste Mal ist, wird von Eindrücken erschlagen.

Selbst bei guten Bekannten, die uns aufsuchen wollten, half auch die Information auf einem großen Schild von zehn Meter Länge mit der Aufschrift „Hofbräu-Keller," nicht, uns auf Anhieb zu finden. Auch war wohl durch die Presse so viel Aufklärungsarbeit geleistet worden, dass so mancher Gast seine Meinung und ablehnende Haltung aufgegeben hatte.

Ein zweites Ereignis machte auch noch die Runde.

Aus technischen Gründen konnte das holländische Unternehmen ihr Riesenrad nicht mehr aufbauen.

Plötzlich sah man lauter Kinder noch im Grundschulalter mit einem Pappschild herumlaufen.

Darauf stand: „Wir wollen unser Riesenrad wieder haben." Sie sammelten Unterschriften dafür, und in der Presse war nachzulesen, dass sie es auf 6000 Unterschriften gebracht hatten.

Seitdem hat das Riesenrad kein Jahr mehr gefehlt. Das Riesenrad ist das Wahrzeichen der Bergkirchweih, das man bis weit in die Stadt sehen kann.

Bei der Kirchweih 1977 wurde besonders gefeiert. Die Kirchweih hat eine Schnapszahl, es ist die 222zigste. Schon wieder werden wir von der Presse in die Zange genommen mit der Schlagzeile „Die Schallmauer wird durchbrochen – die Maß Bier kostet 4,20 DM."

Die Reporter, die schon Tage vor der Kirchweih auf dem Gelände ihre Runden drehen, sind hartnäckig und suchen nach Informationen und Schlagzeilen. Geben sich oft nicht einmal zu erkennen, schreiben nichts auf, erzählen und fragen dich ganz harmlos aus. Du denkst dir selbst auch nichts dabei, doch die haben einen Kopf zum Speichern wie Einstein. Bei mir kamen sie aber oft an die falsche Adresse. Gewitzt und oft verärgert über ihre negative Kritik habe ich behauptet „...ich weiß nichts, ich bin hier nur die Putzfrau."

Dass wir in dem Jahr den Preis anheben mussten, lag daran, dass die Gebühren von der Stadt drastisch erhöht wurden. Als zweiter Faktor kam dazu, dass die Brauereien den Maßkrugverlust nicht mehr tragen wollten.

In den Vorjahren mussten wir zwanzig Prozent bezahlen, die Brauerei achtzig Prozent. Jetzt wurde der Spieß umgedreht.

1976 hatten die Wirte einen Verlust von 25.000 Stück. Teilweise wurden sie als Souvenir mitgenommen oder landeten zerschlagen auf dem Müllhaufen. Bei einem Wert von 3,30 DM pro Krug waren das so 80.000 DM.

Es heißt zwar immer, Scherben bringen Glück, aber so viel Glück hält keiner aus.

Darauf beschlossen alle Wirte, nur noch Krüge ohne Dekor zu verwenden, denn es war so, dass die Dekore sehr schön waren. Tucher hatten zum Beispiel einen Mohrenkopf, Kitzmann schon 2farbige Krüge, wir einfarbige Krüge in blau usw.

Wir Wirte suchten einen Ausweg. Glaubten einfach, den Verlust dadurch zu minimieren, in dem wir alle Krüge ohne Dekor nehmen wollten. Wie aber soll da mein und dein ermittelt werden? Ich hatte die Idee! Wir zeichneten sie am Boden mit einem Farbpunkt und tauschten sie jeden Morgen gegenseitig aus. Alles erdenklich Machbare unternahmen wir.

Eine Abordnung marschierte zum Kommandeur der US-Streitkräfte in die Kaserne am Röthelheim und trägt unser Anliegen vor. Die US-Soldaten hatte es sich nämlich zur Angewohnheit gemacht und war für sie ein Gaudi, die Maßkrüge an den Henkeln reihenweise an ihren Koppel zu binden. Sie fanden das großartig und wir Wirte hatten einen enormen Verlust, denn sie lagen anschließend irgendwo zerdeppert am Boden oder wurden als Souvenir mitgenommen.

Er verspricht, in der Zeit der Kirchweih den größten Teil der Soldaten nach Grafenwöhr ins Manöver zu schicken. Viel gebracht hat es nicht, zu sehr liebten die Soldaten ihr „Beerfest". Die Wache der Militärpolizei an der Bergstraße änderte da auch nichts daran.

Auch von einer Bepfandung wollte selbst der Oberbürgermeister nichts wissen. Er begründete es mit dem Argument, dass nach Feierabend jeder Gast sein Pfand zurück will und dann ein Chaos ausbricht. Und im Übrigen, wenn jemand auf die Toiletten muss, müsste er ja seinen Krug mitnehmen, ansonsten könnte er ja gestohlen werden. Nein, das geht nicht!

Im Frühjahr 1977 starte ich einen Alleingang. Ich fahre nach Höhrgrenzhausen, in die Stadt des weißen Goldes. So nennen es die Einwohner, weil nur dort einmalig in Deutschland weißer Ton abgebaut wird, der zur Herstellung von Maßkrügen geeignet ist. Dreizehn Firmen gibt es dort. Welche soll ich aussuchen? Ich beschließe, dort zu übernachten und am frühen Morgen loszupilgern. Beim Abendessen sitzen zwei ältere Herren an meinem Tisch und ich erzähle den Grund meiner Anwesenheit. Sie geben mir den Tipp, es doch gleich morgen früh bei der Firma A. zu versuchen. Es ist nur zweihundert Meter von hier. Dort treffe ich den Besitzer persönlich an. Ich trage ihm mein Anliegen vor. Ich brauche Krüge mit kleinen Fehlern, die nicht so teuer sind. Seine Antwort war am Anfang absolut negativ für mich. Krüge zweiter Wahl werden vernichtet, weil sie ja nur Brauereien beliefern. Er will natürlich wissen, warum ich welche brauche. Ich schildere ihm die Misere mit dem hohen Verlust an der Bergkirchweih.
Da lächelt er und antwortet: „So, so, ich kenne das Fest. Ich habe Verwandte in Bubenreuth." Er zeigt mir den Betrieb, schenkt mir ein paar uralte Musterkrüge. In einer Ecke sehe ich Paletten stehen mit eingepackten Krügen. Ich fange wieder an zu betteln. Plötzlich sagt er: „Ach, an die habe ich gar nicht gedacht. Die können sie haben." In Gedanken mache ich einen Luftsprung und einen zweiten, als er mir den Preis sagte. Ich verabrede mit ihm ein Abholtermin. Frohgemut düse ich heim, bespreche alles mit der Familie. Wir besorgen uns einen

Lkw und mein Schwiegersohn stellt mir seinen Fahrer zur Verfügung. Das Aufladen in Höhrgrenzhausen mit einem Gabelstapler war kein Problem, aber Abladen ohne Hebebühne am Auto, wie es heute üblich ist, gab es damals noch nicht. Alle Familienmitglieder packen an. Dreitausend Krüge einzeln mit der Hand vom Lkw abladen. Kann sich jemand das vorstellen? Beim Auspacken stellen wir fest, dass sie so gut sind, absolut keine Fehler hatten, von zweiter Wahl kann keine Rede sein. Wenig später machen wir uns an die Arbeit, alle Krüge mit dem abgesprochenen Punkt auf dem Boden zu versehen. Der Hofbräu–Keller hat die Farbe gelb.

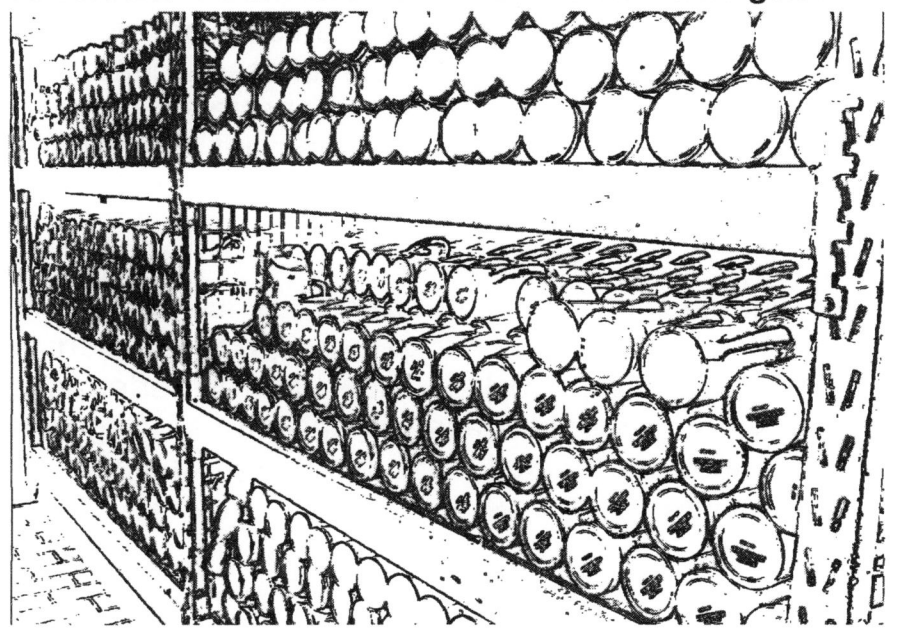

Erst ein Jahr später erfahre ich durch einen Zeitungsbericht, dass die Krüge zum Schutz des Verbrauchers anders geeicht werden müssen. Der Eichstrich muss bei der Herstellung nun oberhalb des Henkels sein. Die alten Krüge haben aber noch ein Jahr Bestandsschutz.
Dieser alte Fuchs in Höhrgrenzhausen hatte mich so quasi reingelegt, denn die Krüge waren für ihn zu dem

Zeitpunkt schon absolut unverkäuflich. Gott sei Dank wurde auf Protest der Brauereien dieser Schutz noch einmal um zwei Jahre verlängert.

Dass ich diese Geschichte so ausführlich beschreibe, hat den Grund, auch einmal zu erzählen, was für Arbeit, Mühe und Risiko die Bergkirchweih mit sich bringt. Jahr für Jahr wurden wir als Großverdiener an den Pranger gestellt. Wer weiß denn schon als Gast, was für Geld es kostet, bevor wir überhaupt die Tür aufmachen dürfen. Die Stadt kommt mit Platzgeld, Toiletten-Gebühr, Müllabfuhr, Gestattungskosten, Schankerlaubnis, Werbungskosten, und, und, und.... Diese Zahlen sind topsecret. Lohnkosten, Versicherung, Berufsgenossenschaft, Handelskammer, Umsatz- und Einkommenssteuer.
Dazu die große Unbekannte – wie wird das Wetter? Nicht zu vergessen die Kapellen, die das Geld in die Luft blasen.

1964 war die schlechteste Kirchweih, die ich je erlebt habe. Es hat 10 Tage lang nur geregnet, nur der Dienstag und Mittwoch war trocken, aber die Kellerterrassen waren so aufgeweicht, dass wir säckeweise Sägemehl streuen mussten, damit sich überhaupt jemand hinsetzen konnte.

1977 war für mich ein schweres Jahr und die allerschwerste Bergkirchweih.

Die Haupttage auf der Bergkirchweih haben wir hinter uns gebracht. Es ist Dienstagabend. Ich sage meinen Mitarbeitern Bescheid, dass ich am nächsten Tag erst zum Mittag kommen werde. Ich hatte meinem Mann versprochen, einmal zu Hause zu bleiben und ihm ein feines Mittagsessen zu kochen. Doch dazu kam ich nicht mehr.

1968 hatten wir uns auf dem Lande ein kleines Häuschen gebaut. Anfang 1970 sind wir ganz nach dort gezogen. Bald danach wurde mein Mann nach einer amtsärztlichen Untersuchung vorzeitig in Pension geschickt. Dass er da eigentlich schon schwer krank war, war mir absolut nicht bewusst. Er hatte Arteriosklerose und es wurde ihm 1971 ein Bypass gelegt. Diese Krankheit war in seiner Familie erblich und zu dieser Zeit fast nicht zu behandeln oder zu stoppen.
Ich komme also um halb zwei Uhr morgens total erschöpft nach Hause. Was Wunder, von sieben Uhr früh bis halb zwei Uhr morgens, also achtzehneinhalb Stunden fast ohne Pause auf Achse. Da sind alle Glieder schwer wie Blei.
Um sechs Uhr früh weckt mich mein Mann mit Schütteln und Schreien. „Mama, Mama, Klinik." Ich bin sofort hellwach und sehe ihn zitternd und schweißgebadet. Ich telefonieren mit dem Notruf und in fünfzehn Minuten ist das Rote Kreuz da und bringt ihn in die Klinik. Ich fühle instinktiv, dass es diesmal bitterernst ist. Nachdem ich in der Klinik nichts mehr tun kann, fahre ich auf den Berg und sage allen Bescheid. Vor allem meiner Tochter, dass ich zu Haus bleibe. Am Samstagmittag bekomme ich die Nachricht, dass er verstorben ist. Meine Tochter und Schwiegersohn machen die Kirchweih allein bis zum Ende.

Am Mittwoch haben wir ihn beerdigt. Viele Schausteller und Wirte waren dabei, vor allem aber seine Kollegen vom Amtsgerichts-Gefängnis.
Erst, wenn man etwas verloren hat, weiß man, was man eigentlich gehabt hat. Meine Trauer ist groß, waren wir

doch neunundzwanzig Jahre verheiratet. Das kann man nicht auslöschen wie Buchstaben auf einer Schiefertafel.

Weihnachten holt mich meine Familie aus meiner Lethargie, und wir fahren nach Spanien in Urlaub zu Freunden. Sie haben mir alles gezeigt, und als ich einmal auf einem Esel reiten sollte, habe ich das erste Mal wieder gelacht.

Dann kommt 1978. Ich habe ja einen Vertrag mit der Brauerei für die Kellerbewirtschaftung, der noch gültig ist. Ich bin erst 53 Jahre alt. Soll ich jetzt daheim sitzen wie ein Rentner? Ich bin schon immer ein Tatmensch gewesen. Wenn ich die Erinnerung an meinen Mann auch nicht einfach beiseite schieben kann, ein Aufhören wäre für mich schlimm und endgültig.
Auch taten mir die Mitarbeiter leid, denn die meisten waren schon jahrelang bei der Bergkirchweih. Vor allem mein Werner, den ich 1960 als Vierzehnjährigen in Bubenreuth kennen gelernt habe und der mir bisher immer die Treue gehalten hatte. Die tragende Säule vorn an der Kasse. Er hatte inzwischen die Schulfreundin meiner Tochter geheiratet. Ein ganz Stiller und Ruhiger. Das sind die Besten und keineswegs die Lauten. Er hatte mein volles Vertrauen. So gab es einmal mit ihm eine lustige Begebenheit.

Wir benötigten ja immer sehr viel Münzgeld, überhaupt dann, wenn der Bierpreis so ausgelegt war. So war der Vorrat bis über die Feiertrage immens. Wohin damit nach Feierabend? Ich verstaue es in einem Eimer in der Gefriertruhe, wo wir unsere Vorräte für die Personalverpflegung aufbewahren. Ganz unten und dann das Gefriergut oben drauf.

Werner kommt und sagt: „Ich brauche Wechselgeld, um alle Kassen aufzufüllen."
„Schau bitte in die Gefriertruhe, da ist es ganz unten drin."

Er stopft die Rollen alle in die Hosentaschen. Nach einer Weile kommt er wieder in den Keller hinten zu mir und sagt mit ernster Miene: „So, das habe ich nun. Jetzt muss ich in die Klinik." Ich stammele. „Was musst du?"
Dann fängt er an zu lachen und sagt (pardon für diesen bayerischen Ausdruck) „Ich habe jetzt meinen „Beitel" erfroren."
Den ganzen Tag macht es die Runde bei allen Mitarbeitern. Viele solche Storys haben wir erlebt, trotz Stress und viel Arbeit. Ich habe allen Blödsinn mit-gemacht.
Trotzdem haben sie mir gefolgt, wenn ich etwas ändern oder einmal durchgreifen musste.

Nach 1978 reihte sich wirklich ein unschönes Ereignis an das andere. Am Erich-Keller spielt der Stempel mit seinen Geigenbauern nicht mehr. Der junge Wirt wollte mit einer neuen Kapelle alteingefahrene Traditionen aufweichen und für frischen Schwung sorgen.

Die Presse wird aufmerksam und es hagelt Proteste. Die einen nehmen Partei für die neue Kapelle (wem die Musik nicht gut genug ist, sollte doch lieber die Bamberger Symphoniker oder die Bayreuther Festspiele besuchen, wo man sie musikalisch zufrieden stellen würde).

Die Gegenpartei schreitet zu Kraftakten und wirft den Musikern Krüge aufs Podium. „Wenn das zur Regel werden sollte", meinte ein Leser, „wird wohl eine Vision wahr werden und eine Kapelle wird durch die Musikbox ersetzt."

Als am Nachmittag auch noch Regenwetter kam und der Wirt die Musik nach Hause schickte, eskalierte die Geschichte vollends.
In Dreierreihen wurde die Schenke blockiert und aus Leibeskräften schallte es Bierboykott. Bei den Akteuren handelte es sich nicht etwa nur um „Studentenlümmel", sondern Erlanger Bergtouristen, die einfach nur die Kirchweih so wie immer haben wollten.

Ich meine, da hätte wirklich einmal eine Blutprobe für Fußgänger gemacht werden müssen.

Wieder ein Jahr später regnet es schon tagelang vor der Kirchweih.
Die Regnitzwiesen stehen schon total unter Wasser. Unser Kellergelände ist schon so aufgeweicht und tropft durch das Gewölbe, so dass ich im Keller mit Regenschirm laufen muss.

Natürlich weiß ich, dass es selten zwölf Tage regnen wird, aber selbst wenn es zu regnen aufhörte, die Sonne konnte durch das Laubdach der Bäume nicht viel ausrichten. Dazu sind die Sitzbretter so vollgesaugt mit Wasser, dass es bei längerem Aufenthalt die Kleidung bis zum Allerwertesten durchdringt.

Also heißt es improvisieren: Alles schwärmt aus, Kellner und die gesamte Kellerbesatzung verteilt Pappdeckel und Folie. Alles, was sich irgendwie dazu eignet, die Nässe fernzuhalten, wird eingesetzt.

Gott sei Dank machte der Petrus die Schleusen wieder
zu und die beiden Pfingstfeiertage sind gerettet. Diese
Tage brauchen wir unbedingt. Diese Einnahmen müssen
die Unkosten abdecken.
Es sind ja arbeitsfreie Tage. Da kann ein Werktag noch
so schön sein man kann es beim besten Willen nicht
mehr aufholen

Und endlich sind sich alle Wirte einig und greifen zur
Selbsthilfe. Krugpfand wird eingeführt. Im Vorjahr war
sage und schreibe der Verlust auf 136.000 DM ange-
wachsen. Dazu kam, dass wir nach den Feiertagen im
Hauptgeschäft am Abend nur denen Bier ausschenken
konnten, die einen leeren Krug mitbrachten. Selbst die
Brauereien konnten auch nicht mehr nachliefern. Wir
kontern mit der Dunkelziffer. Von wegen, die seien doch
bereits im Bierpreis einkalkuliert! Der Preis pro Liter ist
4,50 DM und der Krug kostet 3,30 DM. Das ist doch eine

Milchmädchenrechnung. Der einzige, der unser Vorhaben unterstützte, war der Verwaltungsrat, Leiter des Amtes für öffentliche Ordnung, Herr Erich Reim.

Wörtlich sagte er damals in einem Pressebericht: „Die Pfandaktion der Kellerwirte könne anfänglich vielleicht Kärwa-Besucher schockieren, aber bei den hohen Krugverlusten müsse man allerdings auch Verständnis für diese Selbsthilfe-Aktion aufbringen."

Er war ja damals schon mehr als zehn Jahre im Amt und kannte sich nun bestens aus. Sein Wort hatte Gewicht, auch im Stadtrat. Es hatte so viel Gewicht, dass alle Ämter-Kollegen ohne Worte oder den üblichen Gegenargumenten lediglich in Lauerstellung abwarteten, was nun dabei herauskommt.

Wir sollten recht behalten.

Alles verlief reibungslos. Lediglich die Gäste mussten aufpassen, wenn sie ihren Platz mal kurzzeitig verlassen wollten und den Nachbarn bitten, doch auf seinen Krug aufzupassen. Viele Kinder und Jugendliche streunten auf dem Gelände herum, um solche verwaisten Objekte an sich zu bringen und an der Schenke in bare Münze umzuwandeln.

1979 machte eine Frage die Runde. Wo ist das große Fass? Ein „Eumel", 8 Hektoliter fassend, das vor dem Erich-Keller – ein bekannter Treffpunkt der gestandenen Biertrinker – stand. Klammheimlich hatte es die Brauerei entfernt, denn übermütige Studenten hatten es einmal wieder bis zum Marktplatz gerollt, Hauswände beschädigt und sogar einen Menschen verletzt. Um Schlimmeres zu verhüten, wurde es aus dem Verkehr gezogen und durch Holzpfähle mit Brett ersetzt.

In diesem Jahr finde ich auch Nachahmer meiner Maßkrug-Aktion. Plötzlich tauchen Krüge auf mit fremden

Dekor, zum Beispiel Lammbrauerei Schwieberdingen. Nun, diesen Ort gibt es ja wirklich und liegt in Baden-Württemberg. Ich vermute einmal, dass irgend eine Brauerei die Krüge aufgekauft hat, um diesem Maß-krugmangel abzuhelfen. Nicht bedenkend, dass damit die heiligsten Gefühle der Erlanger Bergbesucher massiv verletzt werden könnten. Mit der Friedfertigkeit war es endgültig vorbei, als am Erich-Keller plötzlich Kunststoff- oder wie man auch sagen kann – Plastik-Krüge auftauchten.

Alle wurden auf einen Haufen geschichtet und kurzerhand angezündet. Das war das erste und einzige Mal, dass die Feuerwehr einschreiten musste. Alle Biertrinker wussten wohl, „Leber duck dich", aber dass vielleicht der Inhalt des Kruges nun noch vergiftet würde, das wäre ein zu starker Tobak. Von dieser bahnbrechenden Erfindung wollte niemand etwas wissen. Ich glaube sogar, dass wir heute mit Plastikflaschen und Bechern auch kein Glück hätten.

Anfang März 1980 ist das Wetter noch ungemütlich. Wir können noch nicht im Freien arbeiten. Trotzdem sehe ich von meinem Fenster aus, einen Mann an der Stadtmauer arbeiten. Ich gehe zu ihm, bewundere kurz, was er da macht und beginne meinen Dialog mit dem Satz: „Hier arbeitet der Chef selbst." Er hält kurz innen und meint, ob ich hellsehen könnte. „Nein, sage ich, „kein Arbeiter würde bei dem Hundewetter so viel Geduld haben und eine so anstrengende Tätigkeit durchführen." Er hat ein Gerät in der Hand, das aussieht wie ein Beil, aber anstatt der Schneide hat es vorn spitze Zacken. Damit schlägt er Zentimeter für Zentimeter und braucht für einen Quadratmeter jeweils einen Tag. Er hat den Auftrag, die Stadtmauer von Ruß und Verwitterung freizulegen.

Ich bin begeistert, was da an der Mauer zum Vorschein kommt ist wunderschön. Einige Tage später gehe ich wieder zu ihm. Ich hatte mir doch überlegt, wie gut es wäre, wenn er mir die Mauer am Hofbräu-Keller auch so machen würde und auch gleichzeitig die Fassade. Ich bräuchte nie mehr tünchen, vor allem den oberen Teil nicht, den ich mit der Leiter nicht erreichen konnte, weil ich Höhenangst hatte und bei der dritten Sprosse sich die Welt wie ein Karussell drehte.
So hatte ich immer das letzte Stück auf dem Bauch liegend von oben bearbeitet.

Nach Feierabend fahre ich mit ihm auf das Berggelände und zeige ihm, was ich mir wünsche. Er nimmt seinen Zollstock und berechnet die Quadratmeter. Ich weiß, dass die Stadt – wie er mir sagt – pro Quadrat 140 DM bezahlen muss. Kann ich es mir leisten? Ich biete allen Charme auf und bewege ihn dazu, mir eine Pau-schalsumme zu nennen. Ich würde auch den alten Putz vorher entfernen lassen.

Wir werden handelseinig. Um rechtzeitig fertig zu wer-den, würde er an einem Samstag noch zwei Steinmetze mitbringen. Fünfzig sind gerade dabei, den Dom in Bam-berg zu restaurieren. Da kennt er einige davon und die wird er mitbringen.

An einem Samstag erstrahlen die Fassade und die Mauer - wie versprochen - im neuen Glanz und wunderschöner Sandstein leuchtet in der Sonne. Die war durch die aufgebrachte Putz- und Farbschicht ganz verborgen gewesen.
Die Fassade fügte sich jetzt harmonisch in die grüne Umgebung ein und strahlte mit ihrem warmen Farbton Behaglichkeit aus.

Einige Tage später sehe ich den Oberbürgermeister mit dem Radel vor dem Keller stehen und sich alles betrachtet. Ich bin ein bisschen skeptisch. Findet es seinen Beifall oder kommt da etwas nach? Doch im Trubel der ersten Tage der Kirchweih denke ich schon nicht mehr daran.

Am Nachmittag des zweiten Pfingstfeiertages verlangt mich jemand zu sprechen und meine Mitarbeiter schicken ihn nach hinten in den Keller, wo ich am Werkeln bin.

Er stellt sich vor. „Ich bin der Dr. Schr. und komme im Auftrag des Oberbürgermeisters und soll fragen, ob Sie damit einverstanden sind, dass er morgen am Pressetag hierher kommen kann, um für die vorbildliche Fassadenrenovierung eine Ehrung und Veröffentlichung mit Bild vornehmen könnte.

Ich bin verblüfft und erfreut. „Selbstverständlich besteht dafür mein Einverständnis, richten Sie bitte Herrn Oberbürgermeister aus, dass ich mich sehr geehrt fühle."

Meine Mitarbeiter haben von diesem Gespräch nichts mitbekommen und ich sage nur so viel: „Morgen kommt der Oberbürgermeister um 10 Uhr mit der Presse. Er will wegen der neuen Fassade eine Kellerbesichtigung vornehmen und ich möchte, dass ihr mal ausnahmsweise nach Feierabend alles sauber macht und keinen Saustall hinterlasst." Die ganze Mannschaft glaubt mir das einfach nicht und unser Theo, erster Schenker, sagt: „Ja, ja, ich bin auch der Schah von Persien." Ich bewirke absolut nichts.

Nach Feierabend, während ich noch mit den Kellnern abrechne, sind alle verschwunden.

Mein Gott, denke ich, was mache ich bloß? Ich kann das doch nicht so lassen. Der Oberbürgermeister wird denken, die Fassade ist ja schön, aber hinter die Kulissen darf man wohl nicht schauen.
Das lässt mein preußischer Ordnungssinn nicht zu. Dann werde ich es eben allein machen müssen.

Ich rufe die Nachtwache zu mir. Der sitzt sonst immer am Musikpodium. Ich bitte ihn, mich im Keller einzusperren. Wenn ich raus möchte, werde ich kurz die Illumination einschalten. Das ist das Signal. Zweimal in der Nacht schaut er nach mir. Erst gegen fünf Uhr morgens bin ich soweit, dass nach meinen Dafürhalten nach alles proper ist.
Ich fahre nach Hause, bin ganz leise, denn meine Schwester schläft ja bei mir. Ich lege mich in die Badewanne und die Entspannung tut mir gut. Plötzlich

steht meine Schwester da. Sie war wach geworden und hatte bemerkt, dass mein Bett unbenutzt war.

Ich erzähle ihr, was passiert ist, vergattere sie zum absoluten Stillschweigen, vor allem vor meiner Tochter. Um sieben Uhr früh starten wir wieder in Richtung Berg. Um acht Uhr kommt meine Friseuse, die mein Haar auf-möbelt. Noch ein bisschen Schminke ins Gesicht und ich sehe nicht mehr aus wie vierundzwanzig Stunden ohne Schlaf sondern eher, als sei ich gerade aus dem Urlaub gekommen.

So, nun trudelt langsam die Mannschaft ein, ziehen Kopf und Schw... ein, sehen natürlich, was passiert ist.
Nun kann ich sie wirklich dazu bewegen, alle die weißen T-Shirts mit dem Aufdruck „Hofbräu-Keller" anzuziehen und wissen, der Besuch des Oberbürgermeisters ist kein Scherz. Folgsam, wie die Lämmer machen sie alles, was noch zu tun ist.

Pünktlich um zehn Uhr kommt der Oberbürgermeister mit Gefolge, etwa acht an der Zahl. Bilden einen Halbkreis und nehmen mich in die Mitte. Der Oberbürgermeister hält eine kleine Ansprache. Man könnte fast sagen, eine Lobeshymne, überreicht mir einen Bildband und einen Blumenstrauß.

Auch der Keller innen wird besichtigt (wie gut, dass alles pikobello war!). Viele machen Fotos, vor allem der Herr St. von der Presse des Erlanger Tagesblattes.
Am anderen Tag ist mein Bild und Bericht in der Zeitung, so dass mich viele Bekannte anrufen, sogar Verwandte meines verstorbenen Mannes, die in der Nähe von Weißenburg wohnen.
Als alles vorbei ist, treffe ich meine Tochter im Keller in einer Ecke sitzend an. Traurig sitzt sie da. Ich nehme sie in den Arm und sage: „Ich weiß, was du jetzt denkst. Mir geht es genau so. Schade, dass das unser Papa nicht mehr erleben durfte."

Hinter meinem Rücken bricht nun meine Schwester ihr Schweigegelöbnis und erzählt meiner Tochter, dass ich nun sage und schreibe dreißig Stunden auf den Beinen bin. Da nimmt sie mich bei der Hand, führt mich wortlos zur Frau G. ins Toilettenhaus. Dort gibt es in der Mansarde ein Wohnstübchen. Ich werde kurzer Hand auf eine Liege platziert, zugedeckt mit der Order, mich nicht eher wieder rauszulassen, bis mich meine Tochter abholt. Trotz Lärm des offenen Fensters schlafe ich so fest, dass man eine Granate hätte zünden können, um mich aufzuwecken.

Das Jahr 1980 ist voller Ereignisse, nachdem ich nun am Dienstag nach den Feiertagen die Ehrung für die

Fassadenerneuerung überstanden hatte, war das ja so quasi das Ende der Fahnenstange.
Die Hauptattraktion war aber schon am Pfingstsamstag abgelaufen, deren Geschichte ich nunmehr schildern werde.

Anfang April bekamen alle Wirte und Schausteller vom damaligen Leiter des City-Management, Herrn Jürgen Str., einen Brief mit der Mitteilung, dass die Stadt Erlangen nun doch dazu entschlossen ist, anlässlich des 225jährigen Jubiläums der Bergkirchweih einen Festzug zu veranstalten. Wir sollten ihm bitte mitteilen, ob und in welcher Form wir daran teilnehmen wollen.

Da ich 1955 schon einmal zum 200jährigen Jubiläum dabei war – allerdings nur als Fußgänger – sollte es diesmal schon etwas Besonderes sein. Als erstes gelingt es mir, einen Heuwagen zu organisieren und ein Haflinger Pferd dazu. Darauf sollte die Musik platziert werden. Sie bestand 1980 aus zwei Kapellen, die Collis und Golden Bravos. Aber mit nur einem Pferd sieht das blöd aus. Ich fahre immer wieder über Land. Schließlich werde ich in Herzogenaurach fündig. Noch einen Haflinger. Mit den Haltern werde ich über Termin und Bezahlung handelseinig.
Tagelang fahre ich immer wieder hinaus, klappere Bauernhöfe nach einer Kutsche als Gespann für mich selbst ab. Schließlich gibt mir jemand den Tipp, in einem kleinen Ort soll es einen Bauern geben, der in der Scheune mehrere alte Kutschen hat. Es ist in der Nähe von Ühlfeld. Tatsächlich finde ich dort welche vor. Vier Stück hat er, alle liebevoll restauriert, fahrbereit und völlig intakt. Dann führt der Bauer mich in den Stall. Dort hat er vier Ponys, zwei davon rappelschwarz und nur neunzig Zentimeter hoch. Ich verliebe mich spontan in

diese zwei Pferdchen, und er sagt mir noch das Gespann zu - eine Original-Hochzeitskutsche, die leicht ist und die zwei Ponys ohne weiteres ziehen können.

Ich hatte schon immer ein Faible für Originalität und für das, was nicht jeder hat. Im Fernsehen hatte ich einmal eine Reportage gesehen über einen Bürger aus Lindau am Bodensee, der alte Instrumente gesammelt und liebevoll restauriert hatte. Er sollte über zwanzig Drehorgeln, alte Spinette, Grammophone usw. besitzen. Ich hatte mir damals den Namen und die Adresse aufgeschrieben, einfach so.

Der Gedanke nahm immer konkretere Formen an, wurde dann zum Wunsch, so eine Orgel auf der Kutsche zu haben und sie auch selbst spielen zu können.

An einem Sonntag fährt ein guter Bekannter mit mir nach Lindau und wir treffen – obwohl unangemeldet – den Sammler auf Anhieb in seinem Haus an. Voller Stolz zeigt er uns seine Sammlung und lädt uns noch zu einer kleinen Erfrischung ein.

So langsam schildere ich mein Anliegen, mir für einen Tag eine Orgel ausleihen zu dürfen. Er lehnt es ab. Die Instrumente seien zu wertvoll.
Ich schildere ihm die Bergkirchweih und mein Pony-Gespann und dass ich nun sehr traurig wäre, die weite Fahrt umsonst gemacht zu haben. Er steht vom Tisch auf und geht hinaus. Nach einer Weile kommt er zurück, zaubert einen silbergrauen Zylinder aus einer Schachtel und setzt in mir auf.

An diesem Tage hatte ich einen grauen Hosenanzug an. Alles passte wie die Faust aufs Auge. Er geht mit mir vor einen Spiegel und wieder in den Orgelraum und sagt: „Suchen Sie sich aus, welche Sie möchten."

Mir verschlägt es die Sprache. Er erklärt mir, wie das Instrument funktioniert und ich fange langsam an zu drehen. Mein Begleiter krempelt die Arme hoch und bedeutet mir, dass er eine Gänsehaut bekommen hätte.
Ich kann es immer noch nicht fassen, mein Ziel doch erreicht zu haben.
Die einzige Bedingung, die er an die Ausleihung knüpft ist, dass er Freitag schon mit einem Begleiter nach Erlangen kommt und ich nur die Übernachtung zu bezahlen hätte. Ansonsten kostet es nichts.

So kommt der Tag heran, an dem der Festzug stattfindet. Der Sammelplatz für alle Teilnehmer ist der große

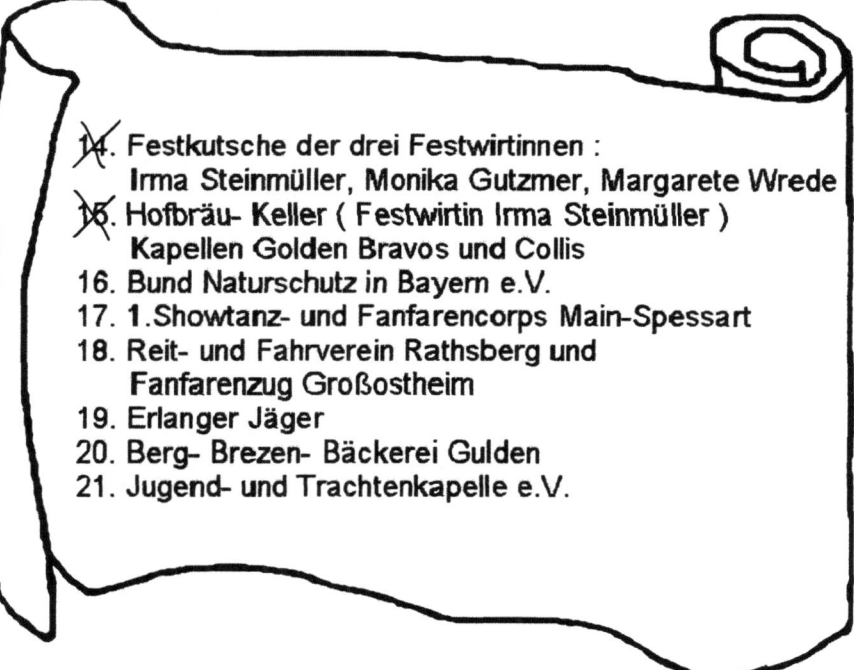

14. Festkutsche der drei Festwirtinnen :
    Irma Steinmüller, Monika Gutzmer, Margarete Wrede
15. Hofbräu- Keller (Festwirtin Irma Steinmüller)
    Kapellen Golden Bravos und Collis
16. Bund Naturschutz in Bayern e.V.
17. 1.Showtanz- und Fanfarencorps Main-Spessart
18. Reit- und Fahrverein Rathsberg und
    Fanfarenzug Großostheim
19. Erlanger Jäger
20. Berg- Brezen- Bäckerei Gulden
21. Jugend- und Trachtenkapelle e.V.

Parkplatz bei Siemens und in den Seitenstraßen. Wir haben die Platznummer vierzehn und fünfzehn.

Um dreizehn Uhr muss jeder am Ort sein. Meine zwei Wagen bestelle ich für elf Uhr auf unserem großen Hof, um die Wägen mit Birken und bunten Bändern zu schmücken. Meine Kutsche ist rechtzeitig da.

Wir bringen noch Schilder an mit dem Text: „Das waren noch Zeiten – 1950 kostet der Liter Bier 1,10 DM."
Ein Originalschild, das ich aufbewahrt hatte. Es sieht wirklich super aus. Der Leiterwagen mit dem einen Haflinger ist auch da. Wo bleibt Haflinger Nr. zwei von Herzogenaurauch?

Endlich kommt er auch, aber jetzt beginnt eine Tragödie, was kein Mensch auch nur im Entferntesten ahnen konnte.

Der Haflinger aus Buch war eine Stute und Haflinger Nr. zwei ein Hengst und die Stute war rossig, wie der Fachmann sagt. Der Hengst tobte auf dem Hof, stand nur noch auf den Hinterbeinen. Zwei Männer eilen dem Halter zu Hilfe. Es wird richtig gefährlich.

Ich bringe mich in Sicherheit. Schließlich gelingt es dem Halter, mit ein paar Männern ihn am Wagen einzuschirren. Er hält ihn am Halfter fest. So langsam beruhigt er sich etwas, kriegt noch den Beutel mit Futter umgehängt, wo ein wenig Hafer drin ist. Ich mache ein Stoßgebet. Beide Besitzer der Pferde mussten sie den ganzen Festzug am Halfter führen und konnten nicht am Wagen aufsitzen. Und – Gott sei Dank – war alles gut gegangen. Der Festumzug war ein voller Erfolg.

Das waren noch Zeiten! 1950

Es sollen laut Pressebericht hunderttausend Zuschauer die Straßen und Plätze gesäumt haben. Viele Bilder davon habe ich von Bekannten und Freunden bekommen, die ich auch heute noch manchmal gern anschaue. Meine zwei weiblichen Mitfahrer waren die Wredes-Gretel von dem kleinen Erich-Zelt und die Tocher Moni Gutzmer. Die kamen vorn mit auf die Kutsche.

In ihrem feinen Dirndl werfen sie Blumen in die Menge am Straßenrand. Unser Gefährt war wirklich eines der Attraktionen, das am meisten beklatscht und fotografiert wurde. Hungrig und durstig vom Anschauen des Festzuges ergießt sich nun der Publikumsstrom auf das Berggelände, und wir hätten alle zehn Hände gebraucht, um den Ansturm zu bewältigen.

1981 - Jetzt beginnt schon die Zeit, wo die Pause zwischen dem Ab- und Aufbau zwischen der Kirchweih kürzer wird und ich sage immer in Gesprächen mit Bekannten: „Mit der Bergkirchweih bin ich das ganze Jahr verheiratet."
Im Oktober muss man die Gesuche an die Stadt einreichen, der Sommer dient dazu, inner- und außerhalb des Kellers Reparaturen und Investitionen vorzunehmen, weil das Frühjahr allzu oft bis April zu regenreich ist.

Von 1980 zu 1981 sind wieder zwei neue Festwirte auf dem Niklas- und Hübners-Keller dabei.

Es ist schon gang und gäbe, dass die Brauereien denen auf Fragen oftmals antworten,...„fragen Sie doch Frau Steinmüller. Die weiß alles."
Natürlich hat das seine Vorteile. So beispielsweise beschließen 1981 wir drei Festwirte, den Versuch zu starten, bereits an Himmelfahrt und dem Sonntag vor der Kirchweih unsere Keller zu öffnen. Dazu wollen wir eine kleine Attraktion bieten mit einer Swing-Band mit Namen „The Blue Notes". Es ist eine neue Art der Musik, von Amerika importiert, die meisten Stücke von Glenn Miller.
Für viele fremd und nicht jedermanns Geschmack. So war an den beiden Tagen der Zuspruch mäßig.

Da ich aber der Kapelle zugesicherte hatte, dass sie auch am 1. Pfingstfeiertag den Frühschoppen von zehn bis dreizehn Uhr spielen dürfen, hielt sich das finanzielle Risiko in Grenzen. Dass dieser Tag sich für mich zum Drahtseilakt entwickeln würde, konnte ich bei Gott nicht ahnen, denn es hatte sich mittlerweile bei allen Fans der Swingmusik herumgesprochen.

Schon nach einer Stunde waren unsere drei Keller voll besetzt. Als gegen vierzehn Uhr unsere eigentliche Kapelle nun auf ihr Recht pochten, nun spielen zu wollen, probte das Publikum einen Aufstand mit Pfiffen und Zugaberufen für die Swing-Band. Bis fünfzehn Uhr konnte ich dann eine Einigung herbeiführen, in dem wir die eine Stunde Ausfall der anderen Kapelle finanziell voll mitbezahlten.

1981 war eines der ereignisreichsten Jahre überhaupt. Wochen vor der Kirchweih findet in Erlangen das Landesmusikfest statt. Nach Memmingen, Burghausen und Mindelheim jetzt ein Großereignis für Erlangen, mit internationalen Blasmusiktagen und Wertungsspielen. Fünftausend aktive Teilnehmer werden erwartet. Am Samstag finden in verschiedenen städtischen Sälen und Turnhallen die Wertungsspiele statt.

Am Sonntag, dreizehn Uhr, versammelten sich dann alle Teilnehmer aus dem In- und Ausland auf dem Siemens-Sportstadion in einem Festzug, der sich von der Nürnberger Straße Richtung Hauptstraße, Bayreuther Straße zum Berg begab. Dort auf den Kellern am Berg fand dann gemeinsam mit der Erlanger Bevölkerung der festliche Ausklang statt.

Vor der Bergkirchweih gab es laut Presseberichten und Stellungnahmen von Behörden und Polizei unheilvolle

Bombendrohungen. Das Gerede darüber entpuppte sich als Besucherbremse. Wer es bis jetzt noch nicht wusste, erhielt die Information und auch gleich das Dementi. War doch 1980 auf dem Oktoberfest tatsächlich am Haupteingang eine Bombe explodiert.

Es vergingen noch einige Tage bis zum Beginn der Bergkirchweih. Kann man daran überhaupt noch etwas zurechtrücken? Oder eskaliert es vollends und wird für uns Festwirte zum Verlustgeschäft. Wie könnte man das aus der Welt schaffen?

Wir konnten nichts anderes tun als abwarten.

Das Fazit am Ende der Kirchweih war, dass trotz guten Wetters die Keller niemals ganz gefüllt waren und man immer noch einen Platz bekam.

Aber das Wichtigste war doch, es war wirklich nichts passiert. Wir atmeten alle auf.

Am 6. Juli 1981 fand ein weiteres Großereignis statt. Die Freiwillige Feuerwehr Erlangen feierte ihr 125jähriges Bestehen. Freitag und Samstag fanden allerorts Vorführungen statt: Simulierte Brandbekämpfung, Rettungsdienst und Unglücksfällen. Den Abschluss dieser Veranstaltung bildete der Festumzug und das gemütliche Beisammensein im Trautners Zelt.

Das war aber nur für die Feuerwehr reserviert und nicht für andere Gäste. So beschlossen wir im Familienrat, das Publikum, das der Festumzug mitbringt, auf dem Keller zu bewirten. Wir hatten keine Mitarbeiter bestellt und nur unseren Werner nebst Frau Traudel gebeten, vorläufig den Gang der Dinge als Gast zu beobachten.

Von weitem hören wir durch die Musik, der Festumzug nähert sich dem Berggelände. Allen voran die Erlanger!!!!. Auf halbem Weg geht es rechts, schwenk marsch in Richtung Trautners Zelt.

Nun aber passierte etwas, womit wirklich absolut niemand gerechnet hatte. Immer mehr spalteten sich ab und gingen schnurstracks auf unser Kellergelände zu. Was war los?

Ein brütend heißer Sommertag, die Feuerwehrmänner in dicken, wollenen Uniformen hatten absolut keine Lust, in das Zelt zu gehen, das mittlerweile schon die Temperatur einer Sauna angenommen hatte. Deshalb noch einen Kreislaufkollaps riskieren?

Wir aber hatten als einzige unseren Keller geöffnet. Innerhalb von zehn Minuten ist an der Theke der Belagerungszustand ausgebrochen. Werner und Traudel springen sofort mit ein. Außen hatten wir provisorisch zwei Tische aufgebaut für Sardinen- und Lachsbrötchen und einen zweiflammigen Elektrokocher aufgestellt, auf dem wir mit passender Pfanne Bratwürste braten.

Plötzlich schreit Traudel „Hilfe, Hilfe". Die Kabelrolle qualmt. Ein Feuerwehrmann erbarmt sich und sagt: „Madle, du musst die Rolle abwickeln. Sie wird durch die Belastung zu heiß." Wir waren total unterbesetzt, und dem Ansturm eigentlich nicht gewachsen.

Vor mir stand ein Zweimetermann mit rotem Haar und Schnurrbart wie Kaiser Wilhelm, der, I. Er schnappt sich plötzlich einen leeren Krug, haut ihn auf die Theke mit den Worten: „Kriege ich jetzt endlich eine Maß oder net?" Jetzt oder nie kriegt mein Goliath sein Bier, bevor noch etwas Schlimmeres passiert. Er setzt den Krug an und trinkt und trinkt alles aus. Als er ihn absetzt, ist der rote Schnurrbart voller weißen Schaum. Ein Bild für die Götter, und trotz der ernsten Situation musste ich lachen – und dieses Bild habe ich noch heute im Gedächtnis.

Nun ist bereits das Jahr 1982. Wie schon seit einiger Zeit üblich, gibt es zwei Tage vor der Kirchweih eine Zu-

sammenkunft der Festwirte und Schausteller im kleinen Erich-Zelt. Dort werden wir noch einmal eingeschworen auf Ge- und Verbote, werden mit allen Neuigkeiten vertraut gemacht. Ein neuer Kollege wird vorgestellt, der das Erich-Zelt bewirtschaften wird. Er kommt aus Freising/Niederbayern. Als absolute Sensation kündigt er einen Wettbewerb an: Wer ist der stärkste Mann? Steineheben, zweihundertsechzig Kilo.
Akribisch nach Zentimetern werden die Preise festgesetzt.
Trautners Toni sitzt neben mir, stubst mich an und sagt: „Komm, wir können nach Hause gehen, der macht heuer die Kirchweih allein." Wir amüsieren uns köstlich. Wir sind doch schon zwei alte Hasen und wissen: P., auf all deinen anderen Plätzen stehst du ohne Konkurrenz da. Hier aber hast du sechzehn Schankbetriebe, gegen die du anzukämpfen hast. Das geht nicht gut. Da müsste es schon zwölf Tage Backsteine regnen.

Der Platz des Erich-Zeltes liegt absolut zu weit vom Schuss, der „ Patient kränkelt". Es sollte aber noch acht Jahre dauern von den Festwirten G. bis R. usw., bis er nicht mehr aus dem Koma erwachte und der Platz des Erich-Zeltes gestorben war.

Der Beginn der Bergkirchweih 1983 steht vor der Tür. Schlagzeile des Wetterberichtes lautet Chaos. Nach Wintereinbruch Schnee- und Regenfälle in Norditalien und der Schweiz. Alle Alpenpässe gesperrt – und das am 25. Mai! Was macht Mutter Natur mit uns! Ungewöhnlich, denn aus dem Süden profitiert doch Bayern immer besonders von der Wärme der Mittelmeerländer, so sie es schaffen, die Alpen zu überwinden.
Nein, diesmal erwischt es uns voll. Es regnet und regnet und die Temperatur erzeugt Schüttelfrost. Ich erinnere

mich, dass es an der Kirchweih 1982 von Beginn an bis nach den Feiertagen so heiß war, dass die Zeltwirte große Transparente über die Bergstraße gespannt hatten, worauf zu lesen war „Frischluft-Exauster im Bierzelt!"

War das nun einmal die ausgleichende Gerechtigkeit nach dem Motto „Der Herrgott lässt keine Bäume in den Himmel wachsen?" Tage vergehen.

Es wird nicht besser. Einige sind der Meinung, man müsste eine Ausnahme machen und die Kirchweih verlängern lassen. So beginnen die Schausteller mit der Stadt Gespräche zu führen, diesen Wunsch Wirklichkeit werden zu lassen.

In vierzehn Artikel des „Für und Wider" schlägt sich dieses „Drama " in den „Nürnberger Nachrichten" nieder, Würde ich hier auf alle Details genauestens eingehen, mein Buch würde zum Wälzer.

Die SPD hat in Erlangen vom Oberbürgermeister und Stadtrat die Mehrheit und ist – wenn auch anfangs halbherzig – für Verlängerung. Nicht aber die CSU.

Mir fällt ein Witz ein:

„Im Bundestag soll eine Abstimmung für ein wichtiges Gesetz erfolgen. Ein Bundestagsabgeordneter war aber bei den Reden, die vorher gehalten wurden, eingeschlafen. Zur Abstimmung weckt ihn sein Sitznachbar auf. Darauf sagt er: „Ich weiß zwar nicht, worum es geht, aber ich bin im vorhinein dagegen!"

Ich gestehe, ich war nicht für eine Verlängerung, weil viele Schausteller doch für das nächste Wochenende ihre Verträge für andere Festplätze einhalten mussten. Der Berg hätte durch den Abbau solche Lücken und würde das Flair und die Anziehungskraft verlieren, wenn die Schausteller nicht mehr anwesend wären. Dazu würde sich auch die Kirche zu Wort melden. Ist doch der Donnerstag nach der Kirchweih Fronleichnam und in Bayern gesetzlicher Feiertag. Oh Gott, die Prozession von Herrn Jesu durch die Straßen – nein, da schimpft der liebe Gott persönlich.

Drama, zweiter Akt.
Die Stadt legte beim Verwaltungsgericht München eine Eilentscheidung gegen eine Verlängerung vor und kündigte eine Dienstaufsichtsbeschwerde an. Immer mehr Leser schalteten sich mit Berichten an die Öffentlichkeit ein, tun darin kund, dass doch auch Vereine, die – wenn sie einmal das Glück hatten einen Keller zu pachten, die Einnahmen für gemeinnützige Zwecke nutzten.
Und was das Verständnis während dieser Zeit lärmgeplagter Anwohner betrifft, die sich immer wieder massiv über den Lärm beschwerten, sollte nicht vergessen werden, dass diese 350 Tage im Jahr in einer himmlischen Ruhe lebten – und nicht wie die Einwohner in den östlichen Stadtteilen Schieß- und Panzerlärm ertragen mussten oder an Autobahn und Schnellstraßen ihren Wohnsitz hatten.
Fazit der eingefleischten Bergfans: Der letzte Tag jeder Bergkirchweih heißt ab sofort für alle Zeit
„Zapfestreich".

Schon bevor die Kirchweih begann, war wie jedes Jahr die obligatorische Versammlung der Schausteller im Erich-Zelt bei der Wredes Gretel. Ich war mit meinem Enkel unterwegs, den ich die zwölf Tage Kirchweih in Pflege hatte. Bei Gretel mache ich Station, um die Zeit zu einem Plausch zu nutzen. Dort erfuhr ich, dass Erich Reim die letzte Kirchweih macht und nach achtzehn Jahren das Pensionsalter genießen wird.

Ich falle aus allen Wolken, hatte vorher keine Ahnung. In aller Eile lasse ich mir ein Abschiedsgeschenk einfallen, lasse eine Puppe basteln in Bauerntracht. Sie ist fünfzig Zentimeter groß und unter dem Rock verbirgt sich eine Zwei-Liter-Wein-Flasche. Kunstmaler Scholz malt noch schnell ein Schildchen, was wir als Schmuck um den Hals hängen.

Ich halte eine kleine Rede, die beginnt:

„Man lernt im Leben viele Menschen kennen, doch
nur ganz Wenige kann man Freunde nennen."

Ich bin traurig, dass er geht, habe nicht nur ich, sondern das gesamte Berggelände an den Verbesserungen, die er durchführen ließ, profitiert. Da denke ich noch an brennende Stromkästen der Stadtwerke, Toilettenbau, jedoch will ich mich mit meiner Laudatio nur auf einige Schwerpunkte beschränken.

Es hat mir doch so gut gefallen, als er einmal sagte: „Auf meine drei Madle achte ich immer besonders."

Damit meinte er die Gretel Wrede mit dem kleinen Erich-Zelt, Monika Gutzmer mit Monis Bergstation und meine Wenigkeit mit dem Hofbräu-Keller.

Alle Jahre danach war er auf jeder Kirchweih mein Gast. Die Freundschaft hat sich vertieft und besteht bis heute noch.

Schon wieder war ein Jahr vergangen. Es ist bereits 1984.

Die große Revolte über die Verlängerung, die ja am Ende sowieso ein Schlag ins Wasser war, hat die Gemüter wieder beruhigt und ist kein Thema mehr. Dennoch versuchen einige, durch neue Attraktionen das Fest anzukurbeln.

Ein Zeltwirt baut eine Versuchstheke mit richtigen Barkeepern auf. Traurige Bilanz: Selbst Sekt und Schnäpse waren nicht an den Mann zu bringen. Ein anderer versucht es mit Folklore. Das passt nun aber gar nicht zum Obatzden. Als Buhrufe beim „Dudelsackjammern" nichts nützten haben sie ihr Bündel gepackt und sind auf einen anderen Keller verschwunden. Auch wurde wieder einmal ein Versuchsballon wegen einer Sperrstundenverlängerung gestartet, wenigstens am Wochenende. Doch die Argumente dagegen waren „die Anwohner, die Nachtruhe, und, und, und".

Als ich das erste Mal in Spanien war, konnte ich eine Fiesta miterleben. Mitten in der Stadt waren hundert Anwohner vom Lärm betroffen. Über Tage und Nächte aber wäre keinem, wirklich keinem nur im Traum eingefallen, das Fest deshalb irgendwo in die „Pampa" zu verlegen.

In der Chronik über die Bergkirchweih aus dem Jahr 1897 wurde mit der Einführung des elektrischen Lichtes sofort die Sperrstunde auf vierundzwanzig Uhr festgelegt, hatten doch Petroleum und Kerzen endlich ausgedient.

1985 – Wir sind wieder mit umfangreichen Vorarbeiten beschäftigt. Auch am Nachbarkeller ist der Sch. („Rauschebart" – wie ich ihn immer nenne), dabei mit wuchtigen Hammerschlägen, die morschen Stempel durch Neue zu ersetzen.

Plötzlich hält ein Wagen mit großer Aufschrift: „Bayerischer Rundfunk". Es ist nicht ungewöhnlich, denn oft laufen Leute mit tragbaren Kameras auf dem Gelände herum. So nehme ich ganz beiläufig davon Notiz. Der Herr, der da aussteigt und auf mich zugeht, ist mir aber durch Bayern 3 bekannt durch seinen fränkischen Dialekt.

Später stellte sich sogar heraus, dass er in Erlangen geboren und jetzt Redakteur beim Bayerischen Fernsehen ist. Er bittet mich zu einem Gespräch, um mir den Grund seines Besuches hier zu erklären.

Die ARD sendet jeden Samstagabend den so genannten „Samstagsklub" von 19 bis 19.30 Uhr. Für diese halbe

Stunde soll der Bayerische Rundfunk eine komplette Reportage über die Bergkirchweih, die im gesamten Sendegebiet ausgestrahlt wird, bringen.
Es ist am Samstag vor Pfingsten eine Lifesendung geplant.

Dies alles soll auf dem Hofbräu-Keller passieren, auf dem untersten kleinen Gelände, wo das Häuschen ist. Meine Aufgabe dabei ist die Sitzgelegenheiten herauszunehmen und sie von Quer- in Längsrichtung wieder einzuschlagen.

Ich bin davon gar nicht begeistert, waren wir doch schon mit der Instandsetzung fertig - wie immer. Von Tag zu Tag kommen immer mehr Leute, die diese Aktion vorbereiten sollen. Zuerst wurde an der Mauer ein Holzpodium errichtet. Darauf sollten Kameras und Scheinwerfer platziert werden.
Jeden Tag gab es neue Überraschungen. Im Keller wurden armdicke Kabel verlegt. Überall wuselte irgend einer herum und meine Fantasie reichte nicht aus, um mir das Endprodukt vorzustellen. Endlich tauchte Herr L. einmal wieder auf. Jetzt hatte ich die Gelegenheit, mir alles erläutern zu lassen. Er erzählte mir, dass am Tisch des Samstagsklubs folgende Personen teilnehmen werden: Der Oberbürgermeister, der Festwirt Toni Trautner, der Schauspieler Dieter Augustin (ein waschechter Erlanger), die Schauspielerin Annette Schmidt-Fischer und die Schriftstellerin Inge Meidinger-Geise aus Alt-Erlangen sowie der Clubpräsident Gerd Schmelzer aus Nürnberg Der Moderator wird Waldemar Hartmann sein.

„Ach so", sagte ich, „ich bin ja gar nicht dabei, schade!"
„Nein", meinte er, „Sie möchte ich allein verkaufen."
„Allein verkaufen? Was heißt das?"

„Sie bekommen ein Einzelinterview im Kellerbereich mit der Moderatorin Sabine Sauer. „Wow", sagte ich, „na dann mal los."

Der Samstag rückte heran, ich war um sieben Uhr bei meinem Friseur bestellt. Meine Tochter hatte halb acht Uhr ihren Termin.
Ich habe eigentlich so etwas wie eine innere Uhr. Kann mir vornehmen, zu einer bestimmten Zeit aufzuwachen ohne Wecker. Ausgerechnet an diesem Tage aber verschlafe ich. Meine Tochter fragte ganz besorgt: „Mama, bist du etwa aufgeregt?"

„Wieso sollte ich – nein überhaupt nicht. Ich kann doch so viel erzählen. Das würde die gesamte Sendezeit sprengen."
So wird es Nachmittag. Wir laufen schon auf Hochtouren, denn die Erlanger wussten durch die Presse, was da am Abend stattfinden sollte. Jeder wollte doch möglichst einen Logenplatz haben. Im Keller war die Arbeit durch Kabel und Scheinwerfer behindert.
Man musste aufpassen, dass man nicht eine Bruchlandung macht. Um sechzehn Uhr wurde ich ins Schießhaus zur Maskenbildnerin abgeholt. Dort saß mit Manuskript auf den Knien die Moderatorin, Frau Sabine Sauer. Sie begann das Gespräch mit den Worten: „Frau Steinmüller, Keller-Festwirt ist doch eigentlich eine Männerdomäne." Ich erklärte ihr so einige Details mit der Familientradition. Dann fragte sie mich, wie lange ich denn das schon mache.
„1950 habe ich begonnen – jetzt schreiben wir 1985, also exakt fünfunddreißig Jahre." Sie legt die Stirn in Falten. Ich sehe, sie rechnet nach. Ich antworte mit der Bemerkung: „Ich werde immer jünger geschätzt. Ich bin der beste Beweis, dass sie keine Angst vor dem Alter

haben müssen. Ich war nämlich zu diesem Zeitpunkt einundsechzig Jahre alt." Sie glaubte es fast nicht und sagte zu der Maskenbildnerin: „Frau M., jetzt schminken Sie der Frau Steinmüller noch einmal zehn Jahr weg." Und zu mir meinte sie: „Erlauben Sie mir, dass ich im Interview ihr Alter sagen darf."

Natürlich darf sie das. Damit habe ich überhaupt keine Probleme. Wenn ich die Sabine Sauer heute im Fernsehen betrachte, ist sie fast noch so gut aussehend wie vor nunmehr achtzehn Jahren.

Der Werbeeffekt, den die Fernsehsendung bewirkte, war enorm.

Meine Tochter Gitti, die am Hendlstand arbeitete, wurde natürlich ständig genervt. „Wo ist die Mutter?", wurde sie laufend von den Gästen gefragt. Bis sie in den Keller zu mir kam und meinte, ich solle doch einmal ein Schild anhängen – Autogrammstunde morgen ab vierzehn Uhr.

Natürlich war sie sicher auch stolz auf ihr Mütterlein.

Mein Bekanntheitsgrad und Popularität hatte durch dieses Ereignis so zugenommen, dass ich manchmal dachte, jetzt kennt mich wohl jeder Straßenköter.

Es ist wirklich so, keine Kirchweih gleicht wie ein Ei dem anderen. Immer ist etwas besonderes los, was die Gemüter in Wallung bringt.

Schlagzeile des Jahres 1986: **Alkoholfreies Bier!**

Ein Name für den Volksmund hat auch schon jemand erfunden „Bölkstoff" (das war Rötger Feldmann). Große Tafeln an den Schankstellen künden es an.

Der echte Biertrinker gehört zu den Stimmungssäufern und meint: „Bier ist für mich was, mit `nem bisschen Seier. Und wenn die Stimmung nicht in Schwung kommt, ist das für mich keine „Bergkärwa."

Andere sind froh, wird doch das Getränk auch in Maß-krügen kredenzt. Bei Cola und Limo konnte man es doch nicht vertuschen, des Führerscheins wegen lieber auf etwas Alkoholfreies umzusteigen.

Das Meinungsbild ist vorerst noch von Gerüchten ge-prägt. Es schmeckt - es schmeckt nicht. Warten wir es ab. Wir bieten es an, so kann jeder nach seiner Fasson selig werden.

Am 15. 1. 1987 ist noch tiefer Winter und für diesen Tag habe ich auch eine Einladung bekommen. Trautners Toni wird sechzig Jahre – und das wird im großen Stil im Redouten-Saal gefeiert. Da gehe ich natürlich hin.

Problem Nr. 1 – was schenke ich ihm? Ich kenne in Eckental einen Ingenieur, dem Gott ein Talent geschenkt hat. Der ist imstande, nach einem Foto ein Gesicht nachzugestalten. Ich lasse eine Gruppe machen mit drei Musikern. Toni in der Mitte an der Kesselpauke. Ich will mein großes Dankeschön für ihn an diesem Tag zum Ausdruck bringen. Immerhin kannten wir uns schon 37 Jahre. Wie oft hatte er mir geholfen, wie oft mit guten Ratschläge meine Zweifel zerstreut.

Ein großes Programm war an diesem Tag geplant und Egon Helmhagen führte die Veranstaltung und be-stimmte die einzelnen Auftritte. Als ich an der Reihe war, hatte ich zuerst ein sehr langes Gedicht vorgetragen, dass seine Persönlichkeit würdigte.

Anschließend hatte ich dann eine Rede gehalten, ihm ins Gedächtnis zurückgerufen, was er alles für mich ge-tan und wie er mir geholfen hatte. Vieles wusste er gar nicht mehr. Wie aus dem Kollegen ein wirklicher Freund wurde. Wann immer in meiner Gegenwart über ihn abfällige Bemerkungen gemacht wurden, habe ich ihn verteidigt und im Stillen gedacht - ihr Spießbürger, seid doch nur neidisch.

So war der Schlusssatz meines Vortrages: „Lieber Toni, um keine Neider zu haben, muss man mittelmäßig bleiben. Toni, sei stolz, dass du Neider hast."

Dieser Auftritt bewirkte, dass fünfhundert geladene Gäste mir einen stehenden Applaus gaben.
Resultat an diesen Abend: Ich bin buchstäblich hungrig geblieben, weil zu viele an meinen Tisch kamen, um mit mir zu sprechen. Schade, sowohl das heiße als auch das kalte Büffet war voll mit Köstlichkeiten.

1988 – Es wäre ja nichts, wenn mal nichts wäre. Wie immer begannen wir schon am Himmelfahrt exakt acht Tage vor der Kirchweih. Dazwischen lag noch der Sonntag. Da ist SPD-Fest. Bei gutem Wetter ist es für die Erlanger einen Spaziergang wert, einmal zu schauen, was es denn in diesem Jahr für Attraktionen gibt. Wenn wir neue Mitarbeiter einstellten, ist das gleich ein Vorgeschmack, was an den zwölf Tagen auf sie wartet. Am Imbissstand gibt es schon leckere Sardinen- und Lachsbrötchen, Bratwürste und natürlich die Leibspeise der Kinder Pommes mit Ketchup oder Majo. Beide Tage war gutes Wetter und das Geschäft wurde auch ganz passabel.

Montag machten wir uns daran, alles wieder sauber zu machen, denn Dienstag wollte ja die Kommission für die Kontrolle zur Bergkirchweih kommen. Meine Schwester und ich putzen, was das Zeug hält. Alles wird mit Wasser und Desinfektion bearbeitet. Plötzlich fällt mir auf, dass im Tankraum viel Wasser am Boden ist. Ich bitte meine Schwester, doch dort noch einmal sauber zu machen. Entrüstet sagte sie, „...das habe ich doch schon vor einer Stunde gemacht." Wir schauten also beide noch einmal nach. Mich trifft der Schlag. Am Boden ist kein Wasser, sondern Bier, das seitlich fingerdick aus dem Tank spritzt.

Ich spurtete zum Telefon und rief in Nürnberg den Braumeister an.

Ich bat ihn ganz aufgeregt, dass er sofort mit einem Tankwagen kommen sollte, um unseren Container leerzupumpen.

„Das geht nicht", meinte er, „die sind alle voll und stehen startbereit für die anderen Keller, die heute Nacht gefüllt werden." Er schickte aber den Volker, der für Dichtheit und Sauberkeit bisher alle Jahre verantwortlich war. Als er kam, ist der Strahl schon baumdick, der aus dem Container floss. Er sah natürlich sofort, was los ist.

Die große Luke, die den Container verschließt, hat einen Presshebel, der mit waagerechten Flacheisen, die seitlich einrasten, dem Innendruck bombensicher standhalten soll. Der Presshebel stand aber nicht waagerecht sondern senkrecht. Das wurde bei der letzten Reinigung wahrscheinlich nicht kontrolliert (Fairerweise muss ich dazu sagen, das dies ein anderen Mitarbeiter gemacht hatte).

Das bedeutete, je mehr aus dem Container entnommen wurde, desto größer wurde die Gefahr, dass der Deckel nach innen fiel und 50 Hektoliter – das sind immerhin fünftausend Krüge - voll den Berg hinabflossen.

Er kniete sich auf den Boden und faltete die Hände im wahrsten Sinne des Wortes. Der Schweiß stand ihm auf der Stirn. Würde er es schaffen, Zentimeter für Zentimeter den Presshebel in Position zu bringen? Er hatte gegen den Druck im Container von sechs Bar zu kämpfen. Ich konnte nicht zuschauen und flüchtete nach draußen. Er hatte es geschafft. Als er zu mir nach draußen kam, war sein Hemd so nass, dass man es hätte auswringen können. Und ohne Worte habe ich ihn umarmt und das Zittern seines ganzen Körpers gespürt.

Es ist nun schon 1989. Immer, wenn ich schon Wochen vor der Kirchweih mit Vorarbeiten im Innen- und Außenbereich beschäftigt war, blieben Spaziergänger stehen und fragten mich über die Geschichte der Kelleranlagen aus, wann und wieso sie entstanden sind. Ich bin ja von Natur aus ein freundlicher Mensch, aber all zu oft leidet meine Arbeit darunter und kostet Zeit.

So beschließe ich einfach, einmal einen Brief an den Oberbürgermeister zu schreiben. Ich schlug ihm vor, eine Tafel mit den wichtigsten Daten auf dem Kellergelände anzubringen, um den Wissensdurst der Erlanger Bürger damit zufrieden stellen zu können. Postwendend erhalte ich Nachricht, allerdings nicht von ihm, sondern vom Heimat- und Geschichtsverein Erlangen e.V., die diese Anregung absolut gut finden.
Am 27.04.1990 fand am Henninger- Keller die Enthüllung statt. Auf der Bronzetafel ist die Historie des Burgberges auf folgenden kurzen Nenner gebracht:

Erbaut 1675, 1711 gab es sieben Keller,
1770 schon dreizehn zur Lagerung von
dreißigtausend Eimer Bier.
1925 sind es 16 Keller. Die Keller waren
70 oder 100 Meter tief. Nur einer verläuft
1861 Meter durch den Burgberg.
Die Kellerhäuschen: 1718 erstes Kellerportal
Mit „Lusthaus" auf dem Erich-Keller.
Die Bergkirchweih: Seit 1755
Entstanden aus dem Altstädter Pfingstmarkt."

Als ich erfuhr, dass die Bronzetafel siebentausend DM gekostet hatte, bekam ich einen Schreck und hatte die Befürchtung, dass vielleicht ich dafür zahlen müsse, da ich ja eigentlich der Initiator gewesen bin.
Das war Gott sei Dank nicht der Fall, wie das Schreiben des Heimat- und Geschichtsvereins Erlangen e.V. beweist.

HEIMAT- UND GESCHICHTSVEREIN ERLANGEN e.V.

Heimat- und Geschichtsverein · Marktplatz 1 · 8520 Erlangen

Frau
Irma Steinmüller
Fuchsengarten 1
8520 Erlangen

Marktplatz 1
8520 Erlangen
Telefon 0 91 31 / 2 94 63

Geschäftsstunden:
Dienstag und Freitag 16–18 Uhr
Bücherei geöffnet:
Donnerstag 16–18.30 Uhr

5. April 1990

Sehr verehrte Frau Steinmüller!

Der Heimat- und Geschichtsverein Erlangen e.V. hat mit finan-
zieller Unterstützung der Brauereien Kitzmann, Patrizier und
Tucher eine Bronzetafel herstellen lassen, deren Text Daten über
die Entstehung der Keller, der Kellerhäuschen und der Bergkirchweih enthält.
Die von dem Erlanger Grafiker Helmut Herzog gestaltete Tafel wird
am Henningerkeller auf dem Bergkirchweihgelände angebracht.
Am Freitag, den 27. April 1990 um 12.00 Uhr wird sie von Herrn
Oberbürgermeister Dr. Dietmar Hahlweg der Öffentlichkeit vorgestellt. Dazu dürfen wir Sie sehr herzlich einladen.

Mit freundlichen Grüßen

Helmut Horneber
1. Vorsitzender

An der Kirchweih 1989 wurden wir schon langsam wieder auf etwas Neues vorbereitet: „Kampf dem Müll". Das ist eine Sache, die meinen absoluten Beifall findet. Wer einmal das Kellergelände nach Feierabend gesehen hatte, den packt das kalte Grausen.

Immer, wenn auf den Kellern die Lichter ausgehen, beginnt für unzählige Helfer die Arbeit, um die Spuren des alltäglichen Chaos auf dem Bergkirchweihgelände zu beseitigen. Der damalige Leiter, Herr F., erzählte mir einmal, dass es an den zwölf Tagen mehr als sechzig Tonnen Müll sind. Fünfundzwanzig Mitarbeiter zählt seine Truppe. Bei nächtlichen Überstunden wird ausgerückt, so dass bis sieben Uhr früh alles so aussieht, als wäre nichts geschehen.
Für uns Kellerwirte ist es auch nicht einfach. Trotz bereit stehender Kübel mit Müllsäcken, die einige Mal am Tage rausgezogen und durch neue ersetzt werden, türmen sich unter Tischen und Bänken die Überreste von Plastiktellern, Servietten, Fischdosen, Gurkengläsern usw., die ja auch in Körben von daheim mitgebracht und dann liegengelassen werden. Die Beseitigung der Abfallmenge ist absolut Handarbeit und unser Räumkommando besteht nun mittlerweile aus drei Personen. Im fahlen Licht der Nacht wird natürlich manches übersehen und so muss bei Tagesanbruch noch einmal nachgearbeitet werden.

So lang die Tage und Nächte für mich auch immer waren, so war ich doch nach Betriebsschluss die Letzte und am Morgen die Erste. War doch meine Sorge um meine Mitarbeiter immer im Vordergrund.
Zuerst mussten alle Kaffeemaschinen in Betrieb gesetzt und die Thermoskannen gefüllt werden. Frühstück war für meine Studenten, die bei der Bergkirchweih als

Aushilfskräfte mithalfen, das Nötigste. Früher sagte man immer, dass die Studenten Bratkartoffelverhältnisse hatten, um sich finanziell über Wasser halten zu können. Jetzt aber, mit Scheck vom Elternhaus und dem so genannten Bafög vom Staat, ist das nicht mehr nötig. In der jetzigen Zeit ist das eben anders.

Selbst wenn die Arbeitszeit für meine „Studentenkellner" auf der Bergkirchweih noch so lang war, so war doch noch Zeit genug, nach einem schönen „Häschen" Ausschau zu halten und ein One-Night-Stand war fällig.

Also, Kaffee musste am Morgen her, um die Reserven der Kraft und Ausdauer wieder zu mobilisieren.

Unser „Big-Boss", Erich Reim, wurde wie bereits von mir erwähnt nun von seiner rechten Hand, dem Amtsrat, Fritz H. abgelöst. An seine Seite war eine Sachbearbeiterin, die Birgit K., gestellt worden. Da ich mein Leben lang viel mit Menschen umgegangen bin, konnte ich jemand gut einschätzen und bei ihr war ich überzeugt: Hier steht jemand vor mir, der sein Herz nicht nur als Pumpe gebraucht. Deshalb ist es mir ein Bedürfnis, ihr auf diesem Wege Dankeschön zu sagen.

Ein Großereignis: In Berlin fällt die Mauer!

Schade, dass mein Mann das nicht mehr erleben durfte. 1990 kamen die „Preußen". Ich bin ja auch so eine „Geborene", aus Sachsen-Anhalt und erst 1945 im Oktober mit meinem Mann in seine Heimat Erlangen geflüchtet. Unsere Gäste im Lokal wussten das ja auch, aber ihrer Meinung nach war ich „Preußin mit mildernden Umständen." Wohl auch, weil ich mich sehr schnell an den Dialekt gewöhnt hatte.

Anfang Januar 1990 machte ich eine Reise in die Vergangenheit. Ich hatte neben diesem Ziel noch ein

Wichtigeres ins Auge gefasst. Wusste ich doch, dass ab der Kirchweih 1990 im Zuge der Müllreduzierung alles aus Plastik verboten wird.

In den Jahren 1979 – 1989 war ich mindestens einmal, manchmal zweimal in der DDR auf Besuch bei meiner Schwester und den Familien. Für mich war das – abgesehen von der scheußlichen Kontrolle an der Grenze – immer Erholung pur.

Kein Telefon, keine Zeitung, dafür frische Brötchen zum Frühstück. Einige Kilo waren immer das Resultat. Man musste ja pro Tag fünfundzwanzig DM in fünfundzwanzig Mark zwangsumtauschen. Das Einzige, was mir geboten werden konnte, war gutes Essen und Kuchen in allen Variationen. Natürlich selbstgebacken!
Dann aber, als ich einmal mit ansehen musste, wie Brot vom Lkw abgeladen und in Drahtkörben mittels Haken am Boden durch den ganzen Markt gezogen wurde, war mir der Appetit auf Fertigware Marke DDR vergangen. Das wäre wirklich einmal ein Erlebnis für unsere Lebensmittelkontrolleure gewesen.
Ich glaube, die wären in Ohnmacht gefallen.

Doch nun zum Grund meiner Reise.

Bei all meinen Besuchen habe ich immer geschaut, ob es etwas für mein umgetauschtes Geld geben könnte, was ich auch brauchen kann und was auch erlaubt war, mit über die Grenze zu nehmen. Einmal fand ich Nägel, die wir in Länge und Stärke zum Bretteraufnageln am Berg gebrauchen konnten. In zwei großen Tüten verpackt nahm ich zweihundert Stück mit. Meine Mitarbeiter müssen schon am zweiten Tag der Kirchweih anfangen, die zerbrochenen Bretter durch neue zu ersetzen. Wutschnaubend kam mein Enkel in den Keller und sagt: „Wo, bitte schön, hast du die Nägel gekauft?" Ich sagte: „Warum?" - „Warum? Einmal draufhauen und sie sind krumm. Alle, nicht nur vielleicht einige." Ich beichtete den Kauf in der DDR. Trotz der Misere lachten wir beide und ab ging es in den Fachhandel.

Was ich immer in kleinen Mengen mitgenommen hatte, waren Teller als Melamin. Die waren sehr leicht, absolut bruchfest, lebensmittelecht und verrotteten auch in der Erde, weil sie aus Baumwollfasern und Naturharz unter hohem Druck gepresst wurden. In der Bundesrepublik gab es die natürlich auch, aber um das Dreifache teurer. Auf der Unterseite der Teller war aufgedruckt: VEB Plaste Gräfenthal – eine Mark. Gräfenthal in Thüringen war der Ort, in dem wir 1945 bei der Grenzüberschreitung mit noch zwölf weiteren Personen gefasst wurden. Von morgens früh um neun Uhr bis am anderen Tag zwanzig Uhr wurden wir in einen Gewölbekeller verfrachtet und in der ganzen Zeit ohne Wasser und Brot festgehalten. Erst nach Einbruch der Dunkelheit wurden wir zehn Schritte vor der Grenze weitergeschickt in Richtung Bayern. In dem Keller war mit großer Schrift an der Wand geschrieben: Wir wollten von Deutschland nach Deutschland gelangen und wurden in Deutschland von Deutschen gefangen. Diesen Ort wollte ich wieder finden, aber nach vierundvierzig Jahren DDR war es mir nicht gelungen. Leider war das Werk, das die Teller hergestellt hatte, stillgelegt und nicht mehr da. Aber ein alter Einwohner gab mir den Tipp, ich sollte nach Neuhaus am Rennweg fahren. Dort war immer das Verteilungslager. Es war nur ein paar Kilometer weiter. Endlich fand ich es. Super nette Leute empfingen mich. Wir unterhielten uns erst privat, dann brachte ich mein Anliegen vor. Die Antwort kam zögerlich. Ich möchte fünfhundert Teller. Stillschweigen. Ich legte fünfhundert DM auf den Tisch, das zog, denn noch gab es die DM in den neuen Bundesländern nicht. Also gut. Er schrieb mir eine Expertise und Quittung und wir begaben uns auf das Hofgelände, auf dem halbverwitterte Holzschuppen standen.

Als Herr M. eines der Tore aufmacht, traf mich der Schlag. In starken Papiersäcken – vom Boden bis zur Decke – waren nach seinen Aussagen 30.000 Teller gestapelt. Auf meine Frage, was er denn wohl damit machen würde, meinte er, die müsste er wohl auf eine Mülldeponie fahren. Ich sagte: „Was halten Sie denn davon, wenn ich Sie verkaufen würde?" Ungläubig reagiert er und meint: „Können Sie denn das?"

„Ja, das werde ich Ihnen beweisen. Ich kann einem Eskimo einen Kühlschrank verkaufen."
Daheim werde ich gleich aktiv, habe eine Anzeige im Komet aufgegeben mit dem Versprechen, ein Muster zu schicken. Anfragen über Anfragen kamen täglich mit der Post. Jedes Wochenende sind wir mit zwei VW-Bussen nach Neuhaus unterwegs und von Hamburg bis Linz schickte ich sie auf die Reise. Oft gleich große Mengen, und bis zur Kirchweih war das Lager völlig leer geräumt.

Für 1991 haben wir wieder Maßkrüge mit Dekor angeschafft. Mit dem Pfand klappt das einfach wunderbar. Jeder Keller nimmt jeden an, zahlt den Gast aus und anderentags tauschen wir mit den Kollegen gegenseitig die Krüge aus. Die großen Keller stellen extra einen „Pfand-Kaschber" ein. Bei uns geht es gleich leer gegen voll und die Kellner machen das gleiche und wer heim will, bekommt sein Geld natürlich auch prompt zurück.

Erstmals im Jahr 1990 konnten wir den Bierpreis vom Vorjahr beibehalten, weil der Verlust teilweise immer mit einkalkuliert werden musste. Endlich einmal gute Presseberichte. Das war auch etwas wert.
Ein Festwirt vom „Pantheon der Götter" hatte sogar ausgerechnet, dass die Müllvermeidung der dreizehn Tonnen Maßkrugscherben sehr umweltfreundlich war, denn 130.000 Kilowattstunden können für das Brennen bei der Herstellung nun eingespart werden.

Unser damaliger Oberbürgermeister ist passionierter Radfahrer. Er hat dafür gesorgt, dass gleich hundert

Meter von der Kirchweih entfernt auf einem Parkplatz, an dem sonst die Autofahrer löhnen müssen, ein Fahrrad-Abstellplatz für die Kirchweih mit Bewachung eingerichtet wird.

Immer, wenn ich früh zu Fuß vom Fuchsengarten auf den Berg gehe, stehen noch so drei Dutzend von der Nacht zuvor da.

Ich frage mich, wie kommt der Erste wieder zu seinem Eigentum, wenn er vielleicht nach einer Stunde wieder nach Hause möchte, denn die Fahrräder stehen in einem heillosen Durcheinander zusammen?

Eigentlich sind die Presseberichte und Leserbriefe im Jahre 1991 spärlich ausgefallen. Einen Grantler gab es aber doch. Er kritisiert das Örtchen, zu dem auch der Kaiser zu Fuß hingehen muss. Warum muss ein weibliches Wesen vierzig Pfennig bezahlen und Männer überhaupt nichts?

Also fordert der Grantler: Entweder zahlen die Herren auch oder die Maß Bier kostet für die Frauen vierzig Pfennige weniger. Und wehe, es kommt jemand noch mit einem größeren Geldschein aufs Örtchen. Schrecklich, wenn man dann erst wechseln lassen muss, wenn es auf die Sekunde ankommt.

Auch für mich gab es etwas Trübsinn. Mein Werner war nicht mehr dabei. Er hatte 1990 die letzte Kirchweih mitgemacht. Von 1960 bis 1990 – dreißig Jahr war er dabei. Nicht ein einziges Mal hatte er gefehlt. Für mich war das wie auf dem Standesamt, wenn der Spruch kommt: „Willst du ihn oder sie ehren, in guten und in schlechten Zeiten?"

Erst, wenn man etwas verloren hat, weiß man, was man gehabt hat. Das habe ich bereits schon einmal beim Tod meines Mannes gesagt.

Für Dich, mein Werner und „Fraule" Traudel eine stille Umarmung und ein großes Dankeschön.

Mitte des Jahres hat die DDR auch die DM. Jetzt endlich können die Kinder meiner Schwester auch kommen. Sie wollen mithelfen und natürlich Geld verdienen. Zu dieser Zeit gab es ein Lied „Jetzt ziehen wir den Bayern die Lederhosen aus!"
Na, mal sehen, ob sie das durchstehen! Die Nässe im Keller, der Stress, die Kälte, aber sie halten tapfer durch. An einem ruhigen Werktagsnachmittag schicke ich sie los, endlich sich einmal die gesamte Kirchweih anzusehen. Sie brauchen fast zwei Stunden, ehe sie zurück sind. Mein Neffe Manfred ist Ingenieur für Walzwerktechnik. Ich frage: „Na, wie hat es dir gefallen?"
Er wiegt den Kopf hin und her und sagt: „Wahnsinn!" Ich antworte ihm: „Na, dass habt ihr doch schon im Fernsehen anschauen können!" „Ja", meinte er, „nur in Bildschirmgröße. Die Wirklichkeit ist ganz anders." Der Mann meiner Nichte ist Ingenieur für Hydraulik. Er war von allen Fahrgeschäften mit ihrer Technik total beeindruckt.

Auf dieser Kirchweih starten wir mit Porzellantellern statt Pappe zur ersten „Mehrzweckkirchweih".
Schlagzeile eines Riesentransparentes auf der Bergstraße:

„Berg ohne Schmutz ist Umweltschutz!"

Wie sich die Umweltideen durchsetzen werden, wird man erst am Ende beurteilen können. Ich bin guten Mutes, verkaufen wir doch nur Hähnchen und Pommes frites. Vom Umweltamt bekommen wir auch gleich eine grüne Bio-Tonne. Also, unsere Pommes kommen in Pergament-Tüten. Das ist noch erlaubt. Aber bitte die

Picker dazu dürfen nicht mehr aus Plastik sein, sondern aus Holz.

Die Hähnchen auf Teller, Besteck, Servietten und Zitrotüchlein zum Händeabputzen nach der Mahlzeit.

Wir sollen und müssen Pfand verlangen, tun wir auch. An den ersten beiden Werktagen läuft das ganz gut, und es gibt keine Probleme.

Der erste Pfingstfeiertag beginnt. Es ist Kaiserwetter. Beide Grills laufen schon voll bestückt. Meine Tochter meint, die Wallfahrt wäre ausgebrochen. Menschenmassen wälzen sich schon von der Hauptstraße und der Bayreuther Straße zum Berg. Das kann ja heute heiter werden! Um halb zwölf Uhr geht es los. Die Schlange beim Anstehen wird immer länger.

Von 1966 bis 1991 sind es fünfundzwanzig Jahre, in denen wir die Hendl immer in Alufolie eingewickelt hatten. Brötchen und alles Zubehör wurde in eine Tragetasche getan. Wie soll jetzt jemand drei halbe Hähnchen mit Brötchen oder Pommes transportieren, wenn er weit weg auf dem Erich-Keller sitzt? Die Flanierstraße an den Kellern ist so voll Menschen, dass man auf den Köpfen laufen könnte, ohne daneben zu treten.

Wir versuchen mit Pergament alles halbwegs transportfähig zu machen. Das Papier war nur erlaubt, wenn jemand ein Hähnchen mit nach Hause nehmen wollte. Um halb eins sind wir soweit, dass unser Tellervorrat zu Ende geht. Logo, die Gäste bringen sie natürlich erst zurück, wenn sie sowieso aufstehen. Meine Tochter schreit um Hilfe. „Was soll ich tun?" Wortwörtlich antworte ich ihr: „Ab sofort wickelst du die Hähnchen in Pergament mit allem Zubehör in eine Tragetasche und ab geht die Post." - „Und wenn jemand von der Kontrolle kommt?", fragt sie zurück. - „Dann antwortest du, ich habe den Gast gefragt, wo er seinen Hähnchen essen will, hier oder zu Hause."

Ehrlich, hätte ich auch noch fragen sollen, wo er wohnt? Niemand ist gekommen, und in unserer Biotonne war auch nur eine Handvoll Knochen, hatten doch die Gäste, diese schon längst in den normalen Abfalltonnen entsorgt, die auf dem Gelände stehen. Werktags haben wir natürlich die Vorschriften buchstabengetreu einge-halten.

An der Kirchweih 1992 war mein Bestand der Melamin-Teller auf ein Drittel geschrumpft. Die Teller waren ja wirklich super, ganz leicht und fast unzerbrechlich. Für Camping und Picknick ideal. Deshalb hatten sie viele Liebhaber gefunden. Pappteller durften wir nicht mehr benutzen.

So, wie es von der „obersten Heeresleitung" angeordnet und von der Presse hochgejubelt wurde, war es beileibe nicht. Die Imbissstände, die für die Schaschliks, Steaks und Bratwürsten die Teller benötigten, hatten einen großen Verlust, vor allem dadurch erhebliche Kosten durch mehr Mitarbeiter, heißes Wasser, Spülmittel. Auch musste man die Reinigung von Bekleidung noch hin-zurechnen.

Ein paar ganz findige Bergbeschicker hatten Teller zum Mitessen angeschafft. Die schmeckten aber so was von scheußlich, dass sie nicht einmal bis auf die Zunge, ge-schweige in den Magen wanderten.

Behördlich abgesegnet hat jemand daran gedacht, dass täglich zehntausend Kinder auf der Welt verhungern. Wir jedoch werfen tonnenweise Mehl weg, weil es auf der Deponie so umweltfreundlich verrottet.

Das war aber beileibe nicht das Ende der Fahnenstange. Jahr für Jahr kamen neue Vorschriften dazu. Dass alle Mitarbeiter einen amtlichen Gesundheitsausweis haben mussten, war schon gang und gäbe, so auch weiße Schürzen und Kopfbedeckung, weil nur die keimtötend gekocht werden konnten. Wer das angeordnet hatte, wussten wahrscheinlich nicht, dass es Indantren (das ist hundertprozentig farbecht) bestimmt schon länger als fünfzig Jahre gab.

1993 - am ersten Pfingsttagfrüh regnet es in Strömen Die Müllwerker sind noch im Schaustellergelände. Ich sehe, dass ein Mann einsam mit einer Weinflasche in der Hand auf- und abläuft. Als er zuschaut, wie ich den Keller öffnete, kommt er auf mich zu und fragt,... „ob mir denn die Flasche gehört". Ich verneine und verweise ihn aber an die Nachbar-Keller, die aber noch nicht anwesend sind. Er stellt die Flasche also auf den Boden beim Nachbarn ab. Ich mache nun meine Arbeit im Keller, dachte so beiläufig, vielleicht war der Wein nicht gut und er will sich beschweren. Etwa eine halbe Stunde später höre ich von draußen lautes Geschrei. Was war passiert? Die Müllwerker hatten die bewusste Flasche mit in den Müll geworfen und der Mann entpuppte sich als ein Mitarbeiter vom Umweltamt und diskutierte Kraft seines Amtes mit den Arbeitern. Plötzlich wird es dem Fahrer am Steuer zu dumm. Er brüllt: „Mein lieber Freund, morgen ist in meiner Tour das Ausländerwohnheim dabei. Ich nehme meinen Fotoapparat mit und auf den Bildern kannst du dir dann anschauen, wie es dort ausschaut, denn dort liegen alte Fahrräder und Matratzen und altes Gerümpel und hier führst du dich auf wegen einer Weinflasche. Verschwinde, sonst steige ich aus und dann kannst du der Weinflasche gleich Gesellschaft leisten."

Wir wissen es ja, unter Frankens Kirchweihfesten ist die Bergkirchweih die Schönheitskönigin. Reichen die Gesetze von Stadt, Land, Bund, Europa, Union immer noch nicht aus? Offenbar nicht, denn am anderen Morgen beginnt das gleiche Spiel mit zwei anderen Personen. Ein junges Mädchen und ein junger Mann stellen sich vom Umweltamt vor. Bewaffnet mit einer Fotokamera fotografieren sie eifrig. Das junge Mädchen bittet mich um ein paar Gummihandschuhe.

Ich ahne Schlimmes. Bin ich vielleicht in ein Fettnäppchen getreten?

„Tut mir leid", sagte ich, „ich habe leider keine." Ich weiß, was sie damit vorhat. Sie will in die Müllsäcke schauen, aber die sind schon von außen so schmutzig und für ihre zarten gepflegten Hände und Ringe an jedem Finger doch wohl zu widerlich. So wandern sie weiter bis zum letzten Keller. Ich sehe mit vollem Entsetzen, wie sie dort die Müllkübel umkippen.

Seit diesen Vorfällen habe ich zu jeder Privat- und Amtsperson, aber auch in Versammlungen gesagt, ...„wollt Ihr denn aus der Bergkirchweih ein Hilton-Hotel machen?"

Nächste Attacke Baumschutz. Von Niederbayern wird extra ein Baumdoktor geholt, der mit Geräten ausgestattet in das Innenleben der Bäume schauen kann. Er macht im Auftrag der Stadt ein „Konzept zur Sanierung des Berges" und betrieb Sympathiewerbung dafür, denn: Der Berg soll noch weitere Jahrhunderte seinen einmaligen Charakter behalten."

Vor Jahren fiel eine uralte Eiche mitten im Kärwa-Gewühl um. Das Loch im Boden, dass das Wurzelwerk hinterließ, maß gut 6 x 6 Meter. Eine junge Linde wurde hineingepflanzt. Damit sie nicht gleich totgetreten

werden konnte, versuchten es die Baumpfleger vom Gartenbauamt, diese mit einem dreibeinigen Holzgestell zu schützen.
Jeder Baum ein Einzelstück!

Natürlich lieben wir unser Laubdach, trägt es dazu bei, eben einmalig zu sein. Keiner darf mehr Nägel oder Befestigungen daran anbringen.
Für die zwölf Tage Kirchweih müssen wir zugelassene Gurte anschaffen – Stückpreis fünfundzwanzig DM. Ich bin Gott sei Dank nur mit zwei Stück dabei. Alte Befestigungen, die wie Porzellanköpfe aussahen und mit Sicherheit aus der Zeit nach dem ersten Weltkrieg stammen, werden von der Stadt beseitigt. Die große Eiche, die auf dem Nachbar-Keller steht, ist bestimmt zweihundert Jahre alt.
Was die wohl alles erzählen könnte!

„Der Berg in Ekstase" lautet die Schlagzeile für die kommende Bergkirchweih 1996.
Zwei neue Attraktionen wurden angekündigt – zwei Fahrgeschäfte. Das größte transportable Riesenrad (es war fünfundfünfzig Meter hoch und hatte ein Gewicht von 275 Tonnen. 30.000 Glühbirnen wurden für die Beleuchtung benötigt).
Der Kaufpreis betrug fünf Millionen DM. Eine Fahrt kostete für Erwachsene sechs DM, für Kinder vier DM. Wer keine Höhenangst hatte, für den war es ein Erlebnis, kann man doch bei schönem Wetter bis Forchheim schauen.

Über den Fahrpreis wird natürlich gemeckert, aber wenn man als Bergbesucher einmal darüber nachdenkt, was so ein Geschäft für Kosten hat, ist der Preis gerechtfertigt.

Weitere Neuheit war die Riesenschaukel – eine Revolution! Etwas für Wagemutige. Die Gondeln werden zwei Minuten lang durch die Luft geschleudert, dann wieder abgebremst. Das alles ist mit Elektronik gesteuert.
Die beiden Säulen sind mit je sechzig Tonnen Wasser gefüllt, um das Monstrum auf den Beinen zu halten und damit die Sicherheit gewährleistet ist.

Außerdem hatten wir wieder einmal eine lustige Begebenheit auf der Bergkirchweih. Es kam fast zu einer Verhaftung unseres Mitarbeiters. Armin, besser als Casanova-Armin bekannt, ist für uns ein Top-Mitarbeiter, Freund und Vertrauensperson. Er machte ständig den Frauen Komplimente und vernaschte alle Mädchen, die ihm unter die Finger kamen.

Nach Feierabend soll er mit Christian noch Sachen auf den Berg transportieren. Weil die Bretter wegen ihrer Länge nicht in sein Auto passten, tauscht er mit der Chefin das Auto.
Da das Berggelände aber vor ein Uhr nachts nicht befahrbar ist und immer noch Gäste unterwegs sind, beschließen die beiden, erst einmal zwei Stunden getrennte Wege zu gehen.
Zur verabredeten Zeit sucht einer den anderen – Treffpunkt Keller. Christian ist noch nicht da, also auf zur Fuchsenwiese. Mal nachschauen, vielleicht hatte er die Zeit vergessen. Doch da ist er nicht. Also, wieder zum Keller. Das geht so in einer Stunde dreimal hin und her. Plötzlich stoppt ihn auf der Bergstraße die Polizei. „Aussteigen, Hände aufs Dach, Beine breit."

Es sind drei Beamte in Zivil, denen das ständige Hin- und Herfahren komisch vorkam. Personalausweis, Führerschein, Fahrzeugpapiere, alles wurde kontrolliert.

Ein Beamter inspiziert das Auto von innen. Er findet unter dem Fahrersitz eine Geldtasche mit 3000 DM.

Nun ist aber „das Kraut fett". Armin will alles aufklären, aber zunächst heißt es,... „wir stellen hier die Fragen."
Erschwerend kam noch hinzu, dass der Armin mit seinen schwarzen Haaren aussieht wie ein Italiener.
Das Geld hatte ihm die Chefin mitgegeben, um gleich am anderen Morgen dafür von der Bank Münzen mitzubringen. Das wollten ihm die Beamten aber erst einmal nicht glauben.
Als er uns am anderen Tag schilderte, was passiert war, hatte er noch Schweiß auf der Stirn und die gesamte Kellerbesatzung hat sich natürlich köstlich amüsiert.

1997 gab es eine Schlagzeile in den „Erlanger Nachrichten":

Limiter sollen für angenehme Lautstärke sorgen.

Erstmals bin ich ratlos. Was ist das? Limiter, das sind Lärmbegrenzer. Aha, wieder etwas dazu gelernt.

Da ich nicht die Einzige bin, die es betraf, ging ich zu den Kollegen. Wir verabredeten uns alle im Silberhorn, wo wir uns in zwei Fachgeschäften die Technik erklären und uns den Preis sagen ließen. Die gaben uns Preise an, dass uns Hören und Sehen vergingen. Wir verließen fluchtartig die Fachgeschäfte.

Anschließend gingen wir in die Dechsendorfer Straße. In der Evenord betreibt im ersten Stock ein älterer Mann, Herr P., ein kleines Fachgeschäft. Der wusste viel mehr über Lärmlimiter. Zwei Kollegen von mir wollten gar nicht mit in das Geschäft, denn sie waren der Meinung, dass es nichts bringt. Aber es hat doch etwas gebracht, als ich berichtete, wie viel Geld ich gerade gespart habe.

Also wird dieser Lärmlimiter angeschafft! Er wurde in eine Kiste verpackt und mit einem Vorhangschloss versehen und durfte nach der Einpegelung der Lautstärke nicht mehr geöffnet werden.

So, dachte ich, das Problem ist gelöst, hatte doch die Stadt uns mit saftigen Bußgeldern gedroht. Was alle nicht bedacht hatten, war die Findigkeit der Musiker. Wie sie es immer wieder fertig brachten, ihre Lautstärke selbst zu bestimmen, ist mir heute noch ein Rätsel.

Jedenfalls war einer immer der Späher, wenn die Ingenieurin für Messtechnik in Sichtweite war. Ihr Messgerät war auf einer großen Stange. Plötzlich stimmten die erlaubte Dezibel.

Die beiden Mitarbeiter der Stadt müssen ja immer durch die Menschenmenge und wurden immer nach diesem Messgerät befragt, das fast wie ein Staubsauger aussieht. Geduldig erklärten sie es den Leuten.
In einer Musikpause kletterte die Ingenieurin auf die Bühne eines großen Kellers und begann mit dem Kapellmeister einen Disput. Das Mikrofon ist noch eingeschaltet. Alle konnten die Unterredung mit anhören. Der Orchesterchef nahm es gelassen. Zum Beweis seines guten Willens pegelte er das Kufstein-Lied wie vorgeschrieben ein. Heraus kam dabei ein nahezu unerträgliches Einheitsgeflüster aller Instrumente.
Gellende Pfiffe aus dem Publikum begleitet das Intermezzo. Die Missfallenskundgebung hatte ein glückliches Ende.
Die Lautstärke konnte beibehalten werden.

Ein Erlanger Brauereibesitzer sagte es treffend: „Auf dem Berg hat ein Generationswechsel stattgefunden. Die Jugend beherrscht jetzt die Szene. Auf dem Oktoberfest in München sind die Gäste im Schnitt vierzig Jahre alt, beim Cannstatter Wasen dreißig und auf der Bergkirchweih etwas über zwanzig.

Ja, ihr Väter und Mütter der dritten Nachkriegsgeneration: Was habt ihr erwartet? Mit zwölf Jahren bekommen sie zu den Festtagen einen Walkman, mit dem sie als Fußgänger oder Radfahrer ihre Ohren zustöpseln, mit vierzehn bekommen sie eine Stereoanlage und natürlich die von ihnen selbst von ihrem Taschengeld nicht finanzierbaren Lifekonzerte.
Diese Entwicklung ist nicht mehr aufzuhalten.

Fröhlichkeit ist doch keine Sündhaftigkeit. Die Jugend soll und muss sich ausleben können. Wenn man darüber nachdenkt, was seit dem letzten Krieg die Wirtschaft und Wissenschaft geleistet hat, so ist das letzte Jahrhundert ohne Beispiel. Dementsprechend ist unsere Jugend gefordert. Es genügt nicht mehr nur einen Beruf zu haben.
Ein paar Tage vor der Bergkirchweih ist für viele Schüler das Abitur geschafft oder auch nicht und der Frust über nicht so gute Noten wird mit Bier heruntergespült. Es wird nicht gesoffen, sondern erste Bekanntschaft mit dem Alkohol gemacht. Jedenfalls besser und harmloser als Ecstasy und anderes Teufelszeug, das es in der Disco gibt.

Für Gäste, die die Musik bei der Bergkirchweih als störend empfinden, empfehle ich, doch lieber nicht auf den Berg zu gehen. Es ist kein lustiges Grillfest in Nachbars Garten oder ein Sommerfest im Altersheim. Jeden Tag kann man sich von neun bis zwanzig Uhr ohne Probleme unterhalten, sogar an den Feiertagen. Von zwanzig bis dreiundzwanzig Uhr gehört der Berg der Jugend. Und diese drei Stunden gönne ich ihnen.

Wenn immer über die Lärmbelästigung gemeckert wird, soll man eines bedenken: Die Bergkirchweih ist ein großer Wirtschaftsfaktor. Die Stadt wird sich zweimal überlegen, etwas zu ändern, denn viele Taler fließen in die Stadtkasse. Die Eltern müssen begreifen, dass die Kinder ihre überschüssige Energie loswerden wollen. Das ist das beste Ventil. Sonst könnte es eines Tages in Vandalismus ausarten.
Sie wollen sich amüsieren und dementsprechend müssen die Angebote sein – und das heißt nun einmal Rock, Pop, Beat, Techno.

Wenige Jahre später hatten wir uns auf Verlangen der Stadt am Donnerstag nach Pfingsten bereit erklärt, die Kapellen ohne Verstärker spielen zu lassen. Erfolg gleich null. Also, aus mit „Stubenmusi", Wunschkonzert, Panflöte und Orgeln.
Von letzteren bin ich sogar ein absoluter Fan. Doch taugt es nicht für die Kirchweih.

Natürlich gibt es noch vielfältige Möglichkeiten für die Jugend, sich anderweitig zu unterhalten. Wunderbar, wenn zwanzig Leute, egal ob männlich oder weiblich, ob jung oder alt, ein Harmonika-Orchester bilden. Jugendkapellen, manchmal noch halbe Kinder, die nach vielem Üben sich endlich einmal darstellen dürfen. Vielleicht kommt einmal jemand auf die Idee, sich mit Leuten zusammen zu setzen, die in diesem Metier zu Hause sind und auch deren Meinung gelten lassen. Es wird ihnen dabei bestimmt kein Zacken aus der Krone fallen.

An einem Kirchweih-Montag – das ist der letzte Tag – hatte sich ein Mitarbeiter an einem defekten Krug so schwer verletzt, dass er in der Klinik genäht werden musste. Als alter Hase wusste ich natürlich, wenn ich bis zum Abend keinen Ersatz für ihn finde, wird das eine Katastrophe.

Gegen sechzehn Uhr kommt die gesamte Mannschaft der Brauerei, um ihre letzten Freibiermarken zu verkonsumieren.

Kaum Platz genommen gehe ich hin, packe den Leiter der Niederlassung am Kragen und meine: ...„immer wenn du mich im ganzen Jahr zu Gesicht bekommst, höre ich, ich muss hohen Umsatz bei der Kirchweih machen. Heute könnten wir wieder guten Umsatz machen, aber mir fehlt mein bester Mann. Also, bitte gehe sofort mit in den Keller und hilf mit.“

Bereitwillig stimmt er zu, und ich verpasse ihm Gummistiefel und Schürze. Es kam, wie vermutet. Von zwanzig bis dreiundzwanzig Uhr war die Hölle los. Uns beide hätte man am Ende auswringen können, nass von der Halskrause bis zu den Zehenspitzen.

Sein Kommentar nach Feierabend: „Es ist wirklich schon ein großer Unterschied, ob ich von draußen rein- oder von drinnen rausschaue.“ Tja, eine wahre Erkenntnis!

Eine weitere, ganz lustige Sache möchte ich noch hinzufügen. Wir hatten von 1975 bis 1985, also ganze zehn Jahre, immer sechs Kellner. Alle waren Studenten bzw. angehende Studenten.

Einer war aus Erlangen. Bis zwölf Uhr hatte er fürs Abitur geschrieben, um vierzehn Uhr mussten er wie alle anderen zur kurzen Besprechung und Unterweisung am Hofbräu-Keller sein.

Ich hatte ein wenig Bedenken wegen seiner schmächtigen Gestalt. Am Abend hatten wir schon tüchtig zu tun, da stellte er mir seine Eltern vor.

Sein Vater fragte mich, ob ich zufrieden mit seinem Sohn wäre. „Zufrieden", meinte ich, „schauen Sie doch einmal, wie er schafft. Das ist eine Pracht." Seine Schwester schüttelte ungläubig den Kopf. „Das könnte ich nicht. Bis Mittag für das Abitur lernen und dann dieser Stress."

Der Vater war jedoch sehr zufrieden und meinte: „Hier lernt er gleich für sein Leben, wie ein Arbeiter sein Geld schwer verdienen muss.

Im Laufe der zehn Jahre gab es niemals Klagen oder Beanstandungen meiner Gästen. Wir wurden regelrecht berühmt, die absolut freundlichsten und hübschesten Kellner zu haben.

In all den Jahren haben uns immer wieder einige aus der „alten Mannschaft" besucht.

Heute sind sie bereits „gestandene Männer", mit Familie, sind Ärzte oder sogar Studienräte geworden.

Vor zwei Jahren kam einer dieser Studienräte mit seinem siebzehnjährigen Sohn vorbei, der ihn gern bei uns arbeiten lassen würde. Ich musste mich erst einmal beim Jugendamt erkundigen, was und wie lange er mitarbeiten durfte.

Er konnte dann im ersten Jahr stundenweise mit Hilfsarbeiten betraut werden, im kommenden Jahr konnte er sich die Arbeit selbst auswählen, da er dann achtzehn Jahre alt war.

Dazu fällt mir in diesem Zusammenhang eine hübsche Begebenheit ein. Ich teilte ihn zum Krugspülen ein. Er fragte mich dann allen Ernstes: „Muss ich die Krüge auch abtrocknen?" Ich war nahe am Lachkrampf, haben

wir doch 1500 Krüge im Regal, die am Hauptgeschäft alle draußen sind. Dann beginnt wieder der Kreislauf. Jeder, wenn er noch so flink ist, hat Mühe, die zwei Schenker am Fass, mit Krügen zu versorgen. Sechs Kellner sind zu versorgen und auch Gäste, die sich ihr Bier selbst holen. Wer das einmal direkt mit erleben möchte, ist herzlich eingeladen.

Noch eine Neuigkeit macht die Runde. Zum ersten Mal gibt es einen extra Kellerbereich, der Weizenbier in Tulpen ausschenken soll. Ich bin ein wenig skeptisch, hatte doch Tucher schon einmal einen Keller nur für Weizenbier eingerichtet. Von der „obersten Heeresleitung" hatte sich wieder einmal einer am Schreibtisch das so ausgedacht, einen Raum im Keller abzuteilen,

Kühlmaschine, feine Tulpengläser und ein klitzekleines Gelände für Sitzgelegenheiten.

Toll gedacht!

Bei uns gibt es Maßkrüge, wenn nötig auch alkoholfrei. Der Volksmund hat es bleifrei getauft. So ruft der Kellner seine Bestellung: „Acht Maß, einmal bleifrei, einmal Radler."
Damit, wenn er sechs Treppen hoch oben bei den Gästen noch weiß, wer welches bekommen soll, ist ein Strohhalm in rot oder gelb das Erkennungsmerkmal.

Neue Schlagzeile: Prost Mahlzeit! Gefälschte Biermarken sind auf dem Berg aufgetaucht. Ja, was hatte ich gepredigt beim Verwalter der Brauerei! Deren Marken sahen aus wie früher die Kinoeintrittskarten, bei künstlichem Licht fast nicht lesbar. Dann sollten wir auch noch auf die Seriennummer achten. Fünfstellige Zahlen! Wer hat dazu Zeit im Hochbetrieb?
Bei der Abrechnung sind wir im Hofbräu-Keller auch mit zweieinhalb HL, das heißt zweihundertfünfzig Liter dabei. Bei den anderen Kellern ist es noch schlimmer.
Ja Herrschaften, kleine Sünden bestraft der Herrgott sofort. Jeder regiert vom Schreibtisch aus. Mich hat es nicht überrascht. Dazu mache ich das schon zu lange. Ich hatte es nicht nur einmal vorgebetet. Da wären fälschungssichere Marken wesentlich billiger gewesen.

Was in den Betrieben mit dem Verkauf von Lebensmitteln gang und gäbe ist, ist an der Bergkirchweih nicht anders. Dafür sorgen schon die Wächter der Hygiene. Gott sei Dank kann man sich schon vorher Rat holen und der Bergbesucher braucht nicht zu befürchten, etwas zu essen, das mit abgestandenem Frittenfett zubereitet wurde oder dass man sich durch Salmonellen in Eis oder Hähnchen den Magen verdirbt.

An allen zwölf Bergtagen ist die Kontrolle unterwegs, macht unangemeldet Wasserproben vom Krugspülbecken. Eichmaß über Kruginhalt wird kontrolliert. Auch werden Proben entnommen für die Landesuntersuchungsanstalt für Gesundheitswesen.

In all den Jahren meiner Tätigkeit habe ich nicht erlebt, dass etwas Besorgniserregendes vorgekommen ist.
1998 haben wir etwas erlebt, das teils lustig aber auch tragisch war.
Wir hatten im Frühjahr neue Krüge gekauft. Der Bestand war geschrumpft, musste also neu aufgefüllt werden. Wir bekommen Besuch aus Norddeutschland. Sie bestaunen den Betrieb. So etwas haben sie dort noch nicht erlebt. Müde vom Wandern über den Berg nehmen sie auf dem Keller Platz. Also Prost, ihr Lieben!
Sie heben die Krüge und plötzlich fällt aus einem Krug der Boden heraus und der ganze Inhalt platscht auf den Tisch. Wer nicht schnell reagiert, ist nass vom Bauchnabel bis zur Fußspitze. Was tun? Die Garderobe ist im Hotel in Hessdorf. So sitzen bleiben geht auch nicht. Ein Glück, dass wir immer Ersatzgarderobe dabeihaben, denn uns oder den Mitarbeitern kann ja auch einmal so ein Missgeschick passieren. Wir finden also Ersatz. Nun glaubten wir, dass es einmalig war.

Das war aber ein Trugschluss! Immer häufiger kam es vor, dass der Boden aus dem Krug fiel. Es stellte sich heraus, dass unsere Lieferfirma diese Krüge von einem Hersteller aufgekauft hatte, der pleite gegangen war. Was können wir nun tun? Den Krügen war vom Augenschein nichts anzusehen. Die gleichen sich ja wie ein Ei dem anderen. Unsere Versicherung wird auch nicht gerade über die Kosten jubeln. So gibt es nur noch die Möglichkeit, jeden Krug einmal mit vollem Schwung auf den Tisch zu stellen. Das haben wir dann so gemacht, bis zum letzten Tag der Kirchweih.

Die Lieferfirma der Krüge hat uns zwar die Krüge ersetzt, den Inhalt – und das waren etliche Liter – mussten wir aus eigener Tasche bezahlen.

Wieder etwas Neues, Sensationelles. „Willkommen bei der ersten virtuellen Erlanger Bergkirchweih!", wurde ausgerufen.

Wie immer bin ich schon lange vor Beginn am Berg, denn es gibt doch viel Arbeit und man muss vor allem am Telefon präsent sein. Biermarken werden bestellt und Reservierungen für Plätze mit genauem Tag und Stunde werden vorgenommen und ordentlich aufgezeichnet. Die Kellner müssen ja wissen, wann sie reservieren sollen. Ich erlebe etwas für mich Revolutionäres, ganz Neues.

Eine Firma ruft mich an und meldet eine Tischreservierung für dreißig Personen mit Tag und Uhrzeit. Ich frage die Dame, wo sie sitzen möchten.

Sie beschreibt mir den zweiten Absatz über dem kleinen Häuschen. Ich frage sie ganz vorsichtig, ob sie schon einmal Gast bei uns waren.

„Nein", sagte sie, „ich sehe es gerade im Internet. Ihr Keller liegt am Hauptaufgang der Bergstraße. In der Nähe muss eine Kamera sein, die die Bilder vermittelt."

Nach ein paar freundlichen Worten und Zusicherung der Plätze lege ich auf. Ich bin rat- und sprachlos. Kann die Dame hellsehen? Hier soll eine Kamera sein? Ich gehe vor die Tür, schaue in alle Bäume.

Nicht einmal meine zwei Eichhörnchen sind heute da, die ich manchmal im Winter mit Nüssen versorgt habe, wenn es zu wenig Eicheln gab. Ich sehe einfach nichts.

Nach einer Weile sehe ich, dass zwei Arbeiter das Kartentelefon in der Telefonzelle montieren. Die müssen es ja wissen. Also, nichts wie hin. Als ich erkläre, was ich gern wissen möchte, haben die beiden nur ein müdes Lächeln, aber der Anstand, der einer alten Frau zusteht, gewinnt doch die Oberhand. So werde ich zum Schießhaus gebracht. Dort auf dem Dach ist eine Kamera angebracht, die sich hin- und herbewegt.

Also, das ist des Rätsels Lösung. Ich hätte doch beinahe an Hexerei geglaubt.

19. 4. 1999

Für mich das Jahr einer fast großen Katastrophe!

Als 1965 eine Pächterin für die Gaststätte trotz eines dreijährigen festen Vertrages ausziehen wollte, war das so ein Schock für mich, dass ich ganz verzweifelt war. Der Prokurist unserer Brauerei nahm mich in den Arm und tröstete mich mit folgendem Satz, den ich in meinem ganzen Leben nicht vergessen habe:

„Wenn Ihnen einmal ein Unglück geschieht, so muss das nicht zutreffen. Oft stellt sich im nachhinein heraus, es war keines, nein es war ein Glück."

Wie Recht er absolut hatte, habe ich im Laufe meines Lebens oft erfahren und besonders am 19. 4. 1999.
An diesem Tag kam es zu einem Kellereinsturz. Nicht auszudenken, wenn es am 20. 5. 1999 passiert wäre,

denn dann wären im vollbesetzten Keller zwei Bänke und ein Tisch in einer Länge von sechs Metern in ungefähr zwölf Meter Tiefe gestürzt und von vielen Tonnen Erde begraben worden. Im Ganzen war eine Fläche von fünfundzwanzig Quadratmetern abgesackt.

Wie hat es sich genau zugetragen? Früh kommt mein kleiner Helfer, der Stefan, schon um elf Uhr. Ich gebe ihm einen Zettel und Stift in die Hand und bitte ihn, auf das obere Kellergelände zu gehen und alle Tisch- und Bankbretter auszumessen, die wir durch Neue ersetzen müssen. Ich hatte sie tags zuvor mit einem Kreidekreuz gekennzeichnet. Er war noch nicht lange oben, da kam er aufgeregt zurück. Er meldet mir, dass ein großes Loch auf dem Berg ist.
„Das kann nicht sein", sagte ich, „ich war doch gestern oben und habe die Tische und Bänke gekennzeichnet. Ich habe kein Loch gesehen."
Er lässt nicht locker. „Glauben Sie mir", beschwört er mich.
Ich bin nun schon fünfundsiebzig Jahre alt und vermeide schon gerne, sechs Treppen hoch zu gehen. Es ist für mich so, als müsste ich den Mount Everest besteigen.
Also gut – oben angekommen, trifft mich der Schlag. Ein Riesenkrater. Ich traue mich gar nicht bis zum Rand zu gehen, aus Angst, das Erdreich könnte weiter ab-brechen.
Ich stürze zum Telefon und will unsere Sachbearbeiterin, Frau K., davon in Kenntnis setzen. Ich erkläre ihr, dass am Berg, direkt am Hofbräu-Keller ein großer Einsturz heute Nacht passiert ist und es zu einer Katastrophe kommen kann.
Nun geht alles sehr schnell. Die Verantwortlichen sind schnell vor Ort, kommen mit dem Radel. Man könnte meinen, sie sind geflogen und völlig außer Puste.

Die Maschinerie kommt in Gang. Beide wissen wohl, welches Ressort verständigt werden muss. Erst einmal die Stelle absichern. Wir halten uns in der Nähe auf und warten auf den Bauhof, der Gitter bringen muss.

Nacheinander kommen auch Beamte vom Tiefbau und anderen Ämtern, und bei den Fachgesprächen bin ich nur Zuhörer.

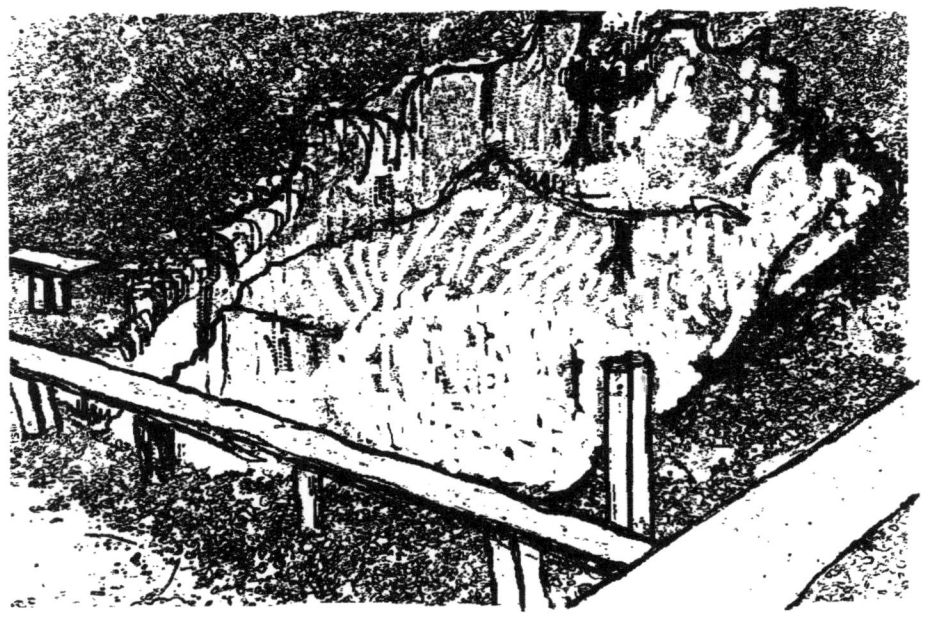

Ich bin Laie, für mich sind das böhmische Dörfer. Jedoch weiß ich, dass es absolut nicht einfach ist, den Schaden so schnell zu beheben, ist doch jede Kommune verpflichtet, eine Arbeit auszuschreiben und die Angebote zu überprüfen.
Ich habe nur eines im Kopf: Vier Wochen sind es nur noch bis zur Bergkirchweih. Muss unser Keller geschlossen werden?
Die Tage vergehen. Ich bin zu keiner kontinuierlichen Arbeit fähig. Auch kommen immer irgend welche Leute, die Fragen an mich haben. Es ist ein ständiges Kommen

und Gehen. Aber so richtig tut sich noch nichts. Ich vertraue auf unsere Sachbearbeiterin. Mittlerweile ist sie so vertraut mit dem Berg und im Amt. Die wird alles schon richten und für Volldampf sorgen.

Am Wochenende kam meine Familie: Schwiegersohn, Tochter und Enkel. Wir wollten Tische und Bänke vom Dreck und Ruß des ganzen Jahres befreien. Durch die täglichen Zeitungsberichte war natürlich ganz Erlangen inzwischen informiert und es war kein Wunder, dass der Katastrophen-Tourismus ausbrach.
Beide Treppen, die von unserem Keller und am Henninger-Keller, waren so blockiert von auf- und absteigenden Leuten, dass wir mit unseren Warmwassereimern vom Kellergebäude kaum eine Möglichkeit mehr hatten, hinauf und hinunter zu gehen.
 Nun war meine Geduld vollends aus, als ich mit ansehen musste, dass ein Vater seinen Sohn über die Absperrung hob (der Kleine war gerade einmal sechs Jahre alt), damit er in das Loch schauen konnte. Als ich ihn ansprach,....„ob er denn noch alle Tassen im Schrank hätte und nicht bedacht hatte, dass das Erdreich am Rande eventuell weiter abbrechen könnte", sagte er ganz patzig, was mich das wohl anginge. Er hatte mich wohl für eine Putzfrau gehalten, weil ich dementsprechend angezogen war.

Anfang der Woche kamen schon die Baufirmen, meistens nahmen die von mir keine Notiz. Ganz am Schluss kam ein älterer Herr, der sich mit Namen bei mir vorstellte. Könner sind nie die Lautesten, wie ich bereits schon einmal erwähnte, die Leisesten sind meist die Besten.
Wir gehen beide nach innen in den Keller, so ungefähr fünfzehn Meter. Das ist das Kellerende bei uns. Er

erklärt mir die fachliche Situation. Er hat von der Stadt den Zuschlag für die Arbeit bekommen.

Nun möchte er von mir wissen, ob die Mauer am Ende aus groben Sand- oder nur aus verputzten Backsteinen besteht. Ich weiß es trotz der neunundvierzig Jahre Bergerfahrung vor Ort leider nicht.

Es gibt nämlich zwei Möglichkeiten zur Schadstelle von unten zu gelangen. Einmal in unserem Keller durchzubrechen oder vom Henninger-Keller aus. Allerdings müsste der Zugang – wie im Bergbau – mit Brettern und Balken abgestützt werden.

Ich falte meine Hände und schaue ihn an. Er lächelt weise, sagt aber nichts. Im Kopf hatte er wohl schon eine Entscheidung getroffen. Nun kommt der Ingenieur vom Tiefbauamt vorbei mit dem „Kapo" der Baufirma. Nach der Besprechung bestürme ich ihn mit Fragen. Wie geht es jetzt weiter und wann ist der Durchbruch zu unserem Keller? Wie weit werden wir davon betroffen?

„Ja, wissen Sie nicht, was los ist?" – „Nein", erwidere ich, „was müsste ich denn wissen?"

Durch die Presse wurde der Tierschutz alarmiert und ausgerechnet hinter unserer Mauer, wo das Deckengewölbe verstärkt werden muss, sitzen vier Fledermäuse noch im Winterschlaf. Es ist eine ganz seltene Art, die vom Aussterben bedroht ist. Es sind Braunohrfledermäuse. Solange die nicht ausgeflogen sind, wird nicht weiter gearbeitet. Das wurde vom Tierschutzverein kategorisch erklärt.

Die Sachverständigen von Bayreuth und Regensburg hatten auch in anderen Kellern noch leichte Schäden festgestellt, die auf jeden Fall bis zur Bergkirchweih behoben werden mussten.

Also, sieben Maurer waren überall am Gange, nur nicht bei mir. Brave, superfleißige Handwerker. Sie kommen alle aus der Nähe von Lichtenfels.

Eines Tages sind zwei Fledermäuse ausgeflogen, aber zwei sind immer noch da. Das stellt die Tierschützerin fest. Also wieder abwarten!

Doch – oh Wunder! – am nächsten Tage waren sie auch weg. Der Lärm, der sich in den Hohlräumen der Kasematten weit überträgt, hatte sie doch aufgeweckt.

Für mich ein Glücksfall! Jetzt kann es auch bei uns weiter gehen. Plötzlich sind im Keller jede Menge Werkzeug, Materialien und Maschinen. Ich bin ständig vor Ort von früh bis Feierabend und löchere die Maurer in der Mittagspause mit Fragen. Es ist mir manchmal richtig peinlich und ich glaube, die denken, dass ich eine Nervensäge bin.

Sie können vielleicht nicht meine Sorge verstehen. Bergkirchweih ist für sie kein Begriff. Also mache ich schönes Wetter und bringe am anderen Tage zur Mittagspause Hähnchen vom „Hühnertod" und hausgemachten Kartoffelsalat mit.

Na, das schmeckt auf jeden Fall besser als belegte Brote. So habe ich über viele Tage jeden Tag daheim für die sieben Maurer privat in meiner kleinen Küche ein Essen gekocht, alles warm verpackt mit Tellern, Bestecken und Servietten im Bauwagen auf dem Tisch angerichtet.

Diese ungewöhnliche Baustelle werden sie wohl nicht so schnell vergessen haben.

Beim Abschied hat noch jeder Biermarken bekommen, weil sie den Keller so sauber verlassen hatten, wie sie ihn vorfanden.
Die Bergkirchweih war gerettet.

Im Herbst des Jahres war dann noch einmal große Besichtigung sämtlicher Keller mit allen Fachleuten, Festwirten und Brauereien.
Es wurde alles genau kontrolliert, damit so etwas nicht wieder passieren konnte.

Die Kosten für den Gesamtschaden müssen enorm gewesen sein. Da hat die Stadt sicher ordentlich in ihr Stadtsäckel greifen müssen.

Viele Episoden und Vorkommnisse von der Bergkirchweih wären es noch wert, niedergeschrieben zu werden. Doch das würde zu viele Seiten füllen.

Im Jahre 2000 - nach fünfzig Jahren Bergkirchweih möchte ich zum Schluss all den Menschen Dankeschön sagen, die mir in langen Jahren mit Rat und auch Tat uneigennützig zur Seite gestanden haben.
Ich weiß aus eigener Erfahrung, dass die Hilfsbereitschaft oft mehr Wert als Geld hat.

Ich lege nun meinen Keller in die Hände meiner Tochter Brigitte. Sie, mein Schwiegersohn und mein Enkel haben mir in vielen, vielen Jahren so unermüdlich bei der Bergkirchweih geholfen.

Meine Familie zu erwähnen, habe ich mir bewusst bis zuletzt aufgespart.
Ohne guten Familienzusammenhalt kann man so eine Arbeit kaum allein bewältigen.

Ich freue mich, dass die Familientradition weiter geführt werden kann und wünsche, dass die Erlanger Bergkirchweih niemals stirbt und der Charakter dieses einmaligen Volksfestes erhalten bleibt.

Allen Gästen der Erlanger Bergkirchweih weiterhin eine gute Einkehr.

Mein Lebensmotto, das mich all die Jahre begleitet hat, lautet: „Sei beim Aufstieg zu allen Menschen nett. Du könntest ihnen auf dem Abstieg wieder begegnen.